RUBEM
FONSECA
2001 SECREÇÕES, EXCREÇÕES
E DESATINOS

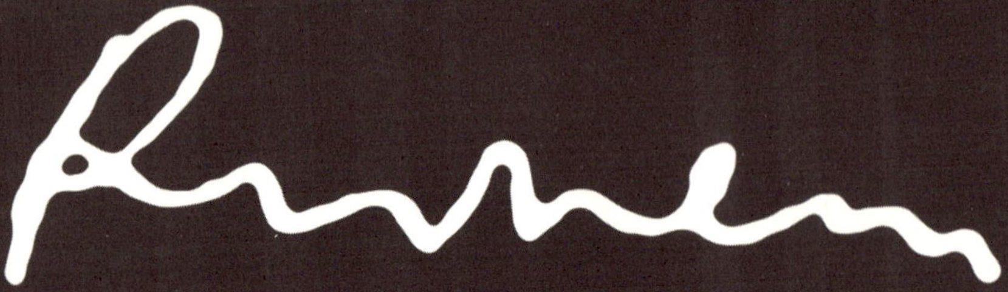

SECREÇÕES, EXCREÇÕES E DESATINOS
Rubem Fonseca

Copyright © 2001 Rubem Fonseca
Todos os direitos reservados e protegidos pela Lei 9.610 de 19.2.1998

Coordenação da edição
Sérgio Augusto

Revisão
Cristiane Pacanowski

Capa
Retina 78

Texto estabelecido segundo o Acordo Ortográfico da Língua
Portuguesa de 1990, em vigor no Brasil desde 2009.

CIP-BRASIL. CATALOGAÇÃO NA FONTE
SINDICATO NACIONAL DOS EDITORES DE LIVROS, RJ.

F747s
2.ed.
    Fonseca, Rubem, 1925-
       Secreções, excreções e desatinos / Rubem Fonseca. - 2.ed. - Rio de Janeiro:
Agir, 2010.

    ISBN 978-85-220-1115-5

    1. Conto brasileiro. I. Título.

10-1615
                                     CDD 869.93
                                 CDU 821.134.3(81)-3

Todos os direitos reservados à
AGIR, selo da Editora Nova Fronteira Participações S.A., uma empresa do
Grupo Ediouro Publicações.
Rua Nova Jerusalém, 345 – CEP 21042-235 – Bonsucesso – Rio de Janeiro – RJ
tel.: (21) 3882-8200 fax: 3882-8212/8313

SUMÁRIO

7 | Copromancia

21 | Coincidências

33 | Agora você (ou José e seus irmãos)

43 | A natureza, em oposição à graça

57 | O estuprador

63 | Belos dentes e bom coração

71 | Beijinhos no rosto

79 | Aroma cactáceo

91 | Mulheres e homens apaixonados

109 | A entrega

115 | Mecanismos de defesa

123 | Encontros e desencontros

133 | O corcunda e a Vênus de Botticelli

161 | Vida

167 | Lições de anatomia (*Sérgio Augusto*)

173 | Rubem Fonseca devassa a condição humana
(*José Castello*)

179 | O autor

COPROMANCIA

Por que Deus, o criador de tudo o que existe no Universo, ao dar existência ao ser humano, ao tirá-lo do Nada, destinou-o a defecar? Teria Deus, ao atribuir-nos essa irrevogável função de transformar em merda tudo o que comemos, revelado sua incapacidade de criar um ser perfeito? Ou sua vontade era essa, fazer-nos assim toscos? *Ergo*, a merda?

Não sei por que comecei a ter esse tipo de preocupação. Não era um homem religioso e sempre considerei Deus um mistério acima dos poderes humanos de compreensão, por isso ele pouco me interessava. O excremento, em geral, sempre me pareceu inútil e repugnante, a não ser, é claro, para os coprófilos e coprófagos, indivíduos raros dotados de extraordinárias anomalias obsessivas. Sim, sei que Freud afirmou que o excrementício está íntima e inseparavelmente ligado ao sexual, a posição da genitália — *inter urinas et faeces* — é um fator decisivo e imutável. Porém isso também não me interessava.

Mas o certo é que estava pensando em Deus e observando as minhas fezes no vaso sanitário. É engraçado, quando um assunto nos interessa, algo sobre ele a todo instante capta a nossa atenção, como o barulho do vaso sanitário do vizinho, cujo apartamento era contíguo ao meu, ou a notícia que encontrei, num canto de jornal, que normalmente me passaria despercebida, segundo a qual a Sotheby's de Londres vendera em leilão uma coleção de dez latas com excrementos, obras de arte do artista conceitual italiano Piero Manzoni, morto em 1963. As peças haviam sido adquiridas por um colecionador privado, que dera o lance final de novecentos e quarenta mil dólares.

Não obstante minha reação inicial de repugnância, eu observava minhas fezes diariamente. Notei que o formato, a quantidade, a cor e o odor eram variáveis. Certa noite, tentei lembrar as várias formas que minhas fezes adquiriam depois de expelidas, mas não tive sucesso. Levantei, fui ao escritório, mas não consegui fazer desenhos precisos, a estrutura das fezes costuma ser fragmentária e multifacetada. Adquirem seu aspecto quando, devido a contrações rítmicas involuntárias dos músculos dos intestinos, o bolo alimentar passa do intestino delgado para o intestino grosso. Vários outros fatores também influem, como o tipo de alimento ingerido.

No dia seguinte comprei uma Polaroid. Com ela, fotografei diariamente as minhas fezes, usando um filme colorido. No fim de um mês, possuía um arquivo de sessenta e duas fotos — meus intestinos funcionam no mínimo duas vezes por dia —, que foram colocadas num álbum. Além das fotografias de meus bolos fecais, passei a acrescentar informações sobre coloração. As cores das fotos nunca são precisas. As entradas eram diárias.

Em pouco tempo sabia alguma coisa sobre as formas (repito, nunca eram exatamente as mesmas) que o excreto podia adquirir, mas aquilo não era suficiente para mim. Quis então colocar ao lado de cada porção a descrição do seu odor, que era também variável, mas não consegui. Kant estava certo ao classificar o olfato como um sentido secundário, devido a sua inefabilidade. Escrevi no Álbum, por exemplo, este texto referente ao odor de um bolo fecal espesso, marrom-escuro: odor opaco de verduras podres em geladeira fechada. O que era isso, odor opaco? A espessura do bolo me levara involuntariamente a sinonimizar: espesso-opaco? Que verduras? Brócolis? Eu parecia um enólogo descrevendo a fragrância de um vinho, mas na verdade fazia uma espécie de poesia nas minhas descrições olfativas. Sabemos que o odor das fezes é produzido por um composto orgânico de indol, igualmente encontrado no óleo de jasmim e no almíscar, e de escatol, que associa ainda mais o termo escatologia às fezes e à obscenidade. (Não confundir com outra palavra, homógrafa em nossa língua, mas de diferente etimologia grega, uma skatos, *excremento*, a outra éschatos, *final*, esta segunda *escatologia* possuindo uma acepção teológica que significa juízo final, morte, ressurreição, a doutrina do destino último do ser humano e do mundo.)

Faltava-me obter o peso das fezes e para tanto meus falazes sentidos seriam ainda menos competentes. Comprei uma balança de precisão e, após pesar durante um mês o produto dos dois movimentos diários dos meus intestinos, concluí que eliminava, num período de vinte e quatro horas, entre duzentos e oitenta e trezentos gramas de matéria fecal. Que coisa fantástica é o sistema digestivo, sua anatomia, os processos mecânicos e químicos da digestão, que começam na boca, passam pelo peristaltismo e sofrem os efeitos químicos das reações catalíticas e metabólicas. Todos sabem, mas não custa repetir, que fezes consistem em produtos alimentares não digeridos ou indigeríveis, mucos, celulose, sucos (biliares, pancreáticos e de outras glândulas digestivas), enzimas, leucócitos, células epiteliais, fragmentos celulares das paredes intestinais, sais minerais, água e um número grande de bactérias, além de outras substâncias. A maior presença é de bactérias. Os meus duzentos e oitenta gramas diários de fezes continham, em média, cem bilhões de bactérias de mais de setenta tipos diferentes. Mas o caráter físico e a composição química das fezes são influenciados, ainda que não exclusivamente, pela natureza dos alimentos que ingerimos. Uma dieta rica em celulose produz um excreto volumoso. O exame das fezes é muito importante nos diagnósticos definidores dos estados mórbidos, é um destacado instrumento da semiótica médica. Se somos o que comemos, como disse o filósofo, somos também o que defecamos. Deus fez a merda por alguma razão.

Esqueci-me de dizer que troquei o meu vaso sanitário, cuja bitola afunilada constringia as fezes, por um outro de fabricação estrangeira que teve de ser importado, uma peça com o fundo muito mais largo e mais raso, que não causava nenhuma interferência no formato do bolo fecal quando de sua queda após ser expelido, permitindo uma observação mais correta do seu feitio e disposição naturais. As fotos também eram mais fáceis de realizar e a retirada do bolo para ser pesado — a última etapa do processo — exigia menos trabalho.

Um dia, estava sentado na sala e notei sobre a mesa uma revista antiga, que devia estar num arquivo especial que tenho para as publicações com textos de minha autoria. Eu não me lembrava de tê-la retirado do arquivo, como fora aparecer em cima da mesa? Senti um certo mal-estar ao procurar o meu artigo. Era um ensaio que eu intitulara "Artes adivinhatórias". Nele eu dizia, em suma, que astrologia, quiromancia & companhia não passavam de fraudes usadas por trapaceiros especializados em burlar a boa-fé de pessoas incautas. Para escrever o artigo, entrevistara vários desses indivíduos que ganhavam a vida prevendo o futuro e muitas vezes o passado das pessoas, através da observação de sinais variados. Além dos astros, havia os que baseavam sua presciência em cartas de baralho, linhas da mão, rugas da testa, cristais, conchas, caligrafia, água, fogo, fumaça, cinzas, vento, folhas de árvores. E cada uma dessas divinações possuía um nome específico, que a caracterizava. O primeiro que entrevistei, que praticava a geloscopia, dizia-se capaz de descobrir o caráter, os pensamentos e o futuro de uma pessoa pela maneira dela gargalhar, e me desafiou a dar uma risada. O último que entrevistei...

Ah, o último que entrevistei... Morava numa casa na periferia do Rio, uma região pobre da zona rural. O que me levou a enfrentar as dificuldades de encontrá-lo foi o fato de ser ele o único da minha lista que praticava a arte da aruspicação, e eu estava curioso para saber que tipo de embuste era aquele. A casa, de alvenaria, de apenas um piso, ficava no meio de um quintal sombreado de árvores. Entrei por um portão em ruínas e tive que bater várias vezes na porta. Fui recebido por um homem velho, muito magro, de voz grave e triste. A casa era pobremente mobiliada, não se via nela um único aparelho eletrodoméstico. As artimanhas desse sujeito, pensei, não o estão ajudando muito. Como se tivesse lido os meus pensamentos ele resmungou, você não quer saber a verdade, sinto a perfídia em seu coração. Vencendo a minha surpresa respondi, só quero saber a verdade, confesso que tenho prevenções, mas procuro ser isento nos meus julgamentos. Ele me pegou pelo braço com sua mão descarnada. Venha, disse.

Fomos para os fundos do quintal. Havia no chão de terra batida alguns cercados, um contendo cabritos, outro aves, creio que patos e galinhas; e mais um, com coelhos. O velho entrou no cercado de cabritos, pegou um dos animais e levou-o para um círculo de cimento num dos cantos do quintal. Anoitecia. O velho acendeu uma lâmpada de querosene. Um enorme facão apareceu em sua mão. Com alguns golpes, não sei de onde tirou a força para fazer aquilo, cortou a cabeça do cabrito. Em seguida — detesto relembrar esses acontecimentos —, usando sua afiada lâmina, abriu uma profunda e larga cavidade no corpo do cabrito, deixando suas entranhas à mostra. Pôs a lâmpada de querosene ao lado, sobre uma poça de sangue, e ficou um longo tempo observando as vísceras do animal. Finalmente, olhou para mim e disse: a verdade é esta, uma pessoa muito próxima a você está prestes a morrer, veja, está tudo escrito aqui. Venci minha repugnância e olhei aquelas entranhas sangrentas.

Vejo um número oito.

É esse o número, disse o velho.

Essa cena eu não incluí no meu artigo. E durante todos esses anos deixei-a esquecida num dos porões da minha mente. Mas hoje, ao ver a revista, rememorei, com a mesma dor que sentira na ocasião, o enterro da minha mãe. Era como se o cabrito estivesse estripado no meio da minha sala e eu contemplasse novamente o número oito nos intestinos do animal sacrificado. Minha mãe era a pessoa mais próxima de mim e morreu inesperadamente, oito dias depois da profecia funesta do velho arúspice.

A partir daquele momento em que desbloqueei da minha mente a lembrança do sinistro vaticínio da morte da minha mãe, comecei a procurar sinais proféticos nos desenhos que observava em minhas fezes. Toda leitura exige um vocabulário e evidentemente uma semiótica, sem isso o intérprete, por mais capaz e motivado que seja, não consegue trabalhar. Talvez o meu Álbum de fezes já fosse uma espécie de léxico, que eu criara inconscientemente para servir de base às interpretações que agora pretendia fazer.

Demorei algum tempo, para ser exato setecentos e cinquenta e cinco dias, mais de dois anos, para poder desenvolver meus poderes espirituais e livrar-me dos condicionamentos que me faziam perceber somente a realidade palpável e afinal interpretar aqueles sinais que as fezes me forneciam. Para lidar com símbolos e metáforas é preciso muita atenção e paciência. As fezes, posso afirmar, são um criptograma, e eu descobrira os seus códigos de decifração. Não vou detalhar aqui os métodos que utilizava, nem os aspectos semânticos e hermenêuticos do processo. Posso apenas dizer que o grau de especificidade da pergunta é fator ponderável. Consigo fazer perguntas prévias, antes de defecar, e interpretar depois os sinais buscando a minha resposta. Por outro lado, interrogações que podem ser elucidadas com uma simples negativa ou afirmativa facilitam o trabalho. Consegui prever, através desse tipo de indagação específica, o sucesso de um dos meus livros e o fracasso de outro. Mas às vezes eu nada indagava, e usava o método incondicional, que consiste em obter respostas sem fazer perguntas. Pude ler, nas minhas fezes, o presságio da morte de um governante; a previsão do desabamento de um prédio de apartamentos com inúmeras vítimas; o augúrio de uma guerra étnica. Mas não comentava o assunto com ninguém, pois certamente diriam que eu era um louco.

Há pouco mais de seis meses notei que mudara o ritmo das descargas da válvula do vaso sanitário do meu vizinho e logo descobri a razão. O apartamento fora vendido para uma jovem mulher, a quem encontrei, numa tarde ao chegar em casa, desanimada em frente à sua porta. Estava sem as chaves e não podia entrar. Eu me ofereci para entrar pela minha janela no seu apartamento, se a janela dela estivesse aberta, e abrir a porta. Isso exigiu de mim um pouco de contorcionismo, mas não foi difícil.

Ela me convidou para tomar um café. Seu nome era Anita. Passamos a nos visitar, gostávamos um do outro, morávamos sozinhos, nem eu nem ela tínhamos parentes no mundo, nossos interesses eram comuns e parecidas as opiniões que tínhamos sobre livros, filmes, peças de teatro. Ainda que ela fosse uma pessoa mística, jamais lhe falei dos meus poderes divinatórios, pois merda, entre nós, era um assunto tacitamente interdito, ela certamente não me deixaria ver as suas fezes; se um de nós fosse ao banheiro, tomava sempre o cuidado de pulverizar depois o local com um desodorante, colocado estrategicamente ao lado do lavatório.

Durante dez dias, antes de lhe declarar o meu amor, interpretei os sinais e decifrei as respostas que as minhas fezes davam à pergunta que fazia: se aquela seria a mulher da minha vida. A resposta era sempre afirmativa.

Fui almoçar num restaurante com Anita. Como de hábito, ela demorou um longo tempo lendo o cardápio. Eu já disse que ela se considerava uma pessoa mística e que atribuía à comida um valor alegórico. Acreditava na existência de conhecimentos que só poderiam se tornar acessíveis por meio de percepções subjetivas.

Como não tinha conhecimento dos dons que eu possuía, dizia que ao contrário dela eu apenas notava o que os meus sentidos me mostravam, e eles me davam apenas uma percepção grosseira das coisas. Afirmava que sua vitalidade, serenidade e alegria de viver resultavam da capacidade de harmonizar o mundo físico e espiritual através de experiências místicas que não me explicava quais eram pois eu não as entenderia. Quando lhe perguntei que papel desempenhavam nesse processo os exercícios aeróbicos, de alongamento e de musculação que ela fazia diariamente, Anita, depois de sorrir superiormente, afirmou que eu, como um monge da Idade Média, confundia misticismo com ascetismo. Na verdade, suas inclinações esotéricas aliadas à sua beleza — ela poderia ser usada como a ilustração da Princesa numa história de era-uma-vez — a tornavam ainda mais atraente.

Foi no restaurante que declarei o meu amor por Anita. Depois fomos para a minha casa.

Naquela noite fizemos amor pela primeira vez. Depois, durante nosso preguiçoso repouso, intercalado de palavras carinhosas, ela perguntou se eu tinha um dicionário de música, pois queria fazer uma consulta. Normalmente eu me levantaria da cama e iria apanhar o dicionário. Mas Anita, notando minha sonolência, causada pelo vinho que tomamos no jantar e pela saciação amorosa, disse que encontraria o dicionário, que eu permanecesse deitado.

Anita demorou a voltar para o quarto. Creio que até cochilei um pouco. Quando voltou, tinha o Álbum de fezes na mão.

O que é isto?, perguntou. Levantei-me da cama num pulo e tentei tirá-lo das suas mãos, explicando que não gostaria que lesse aquilo, pois ficaria chocada. Anita respondeu que já lera várias páginas e que achara engraçado. Pediu-me que explicasse em detalhes o que era e para que servia aquele dossiê.

Contei-lhe tudo e minha narrativa foi acompanhada atentamente por Anita, que amiúde consultava o Álbum que mantinha nas mãos. Para meu espanto, ela não só fez perguntas como discutiu comigo detalhes referentes às minhas interpretações. Falei-lhe da minha surpresa com a sua reação, mencionei o fato de ela ter detestado um dos meus livros, que tem uma história envolvendo fezes, e Anita respondeu que o motivo da sua aversão fora outro, o comportamento romântico machista do personagem masculino. Que aquilo tudo que lhe dizia a deixava feliz, pois indicava que eu era uma pessoa muito sensível. Aproveitei para dizer que gostaria de um dia ver as suas fezes, mas ela reagiu dizendo que nunca permitiria isso. Mas que não se incomodaria de ver as minhas.

Durante algum tempo observamos e analisamos as minhas fezes e discutimos a sua fenomenologia. Um dia, estávamos na casa de Anita e ela me chamou para ver suas fezes no vaso sanitário. Confesso que fiquei emocionado, senti o nosso amor fortalecido, a confiança entre os amantes tem esse efeito. Infelizmente o aparelho sanitário de Anita era do tal modelo alto e afunilado, e isso prejudicara a integridade das fezes que ela me mostrava, causando uma distorção exógena que tornara a massa ilegível. Expliquei isso para Anita, disse-lhe que para impedir que o problema voltasse a ocorrer ela teria que usar o meu vaso especial. Anita concordou e afirmou que ficara feliz ao contemplar as minhas fezes e que ao mostrar-me as suas se sentira mais livre, mais ligada a mim.

No dia seguinte, Anita defecou no meu banheiro. Suas fezes eram de uma extraordinária riqueza, várias peças em forma de bengalas ou báculos, simetricamente dispostas, lado a lado. Eu nunca vira fezes com desenho tão instigante. Então notei, horrorizado, que um dos bastonetes estava todo retorcido, formando o número oito, um oito igual ao que vira nas entranhas do cabrito sacrificado pelo arúspice, o augúrio da morte da minha mãe.

Anita, ao notar minha palidez, perguntou se eu estava me sentindo bem. Respondi que aquele desenho significava que alguém muito ligado a ela iria morrer. Anita duvidou, ou fingiu duvidar, do meu vaticínio. Contei-lhe a história da minha mãe, disse que havia sido de oito dias o prazo que transcorrera entre a revelação do arúspice e a morte dela.

Ninguém era tão próximo de Anita quanto eu. Marcado para morrer, eu tinha que me apressar, pois queria passar para ela os segredos da copromancia, palavra inexistente em todos os dicionários e que eu compusera com óbvios elementos gregos. Somente eu, criador solitário do seu código e da sua hermenêutica, possuía, no mundo, esse dom divinatório.

Amanhã será o oitavo dia. Estamos na cama, cansados. Acabei de perguntar a Anita se ela queria fazer amor. Ela respondeu que preferia ficar quieta ao meu lado, de mãos dadas, no escuro, ouvindo a minha respiração.

COINCIDÊNCIAS

Não sou de levar para a cama uma dona que encontro no balcão de uma loja de sucos e sanduíches. O que me motivou? Seu aspecto saudável e limpo, a pele rosada, os cabelos louros descorados como palha de milho, o corpo bem-feito?

Encontrei com ela novamente no aeroporto, alguns dias depois. Eu estava vestido com um terno sob medida feito em Londres, sapatos ingleses, camisa italiana e gravata francesa, cuidadosamente penteado e barbeado. Só me paramento dessa maneira quando vou fazer essa viagem internacional de negócios, vamos chamá-la assim. No Brasil, faço a barba duas vezes por semana, nunca me visto com essas roupas, nem para ver uma das namoradas ou negociar com o traficante ou ir à missa de sétimo dia de um figurão ou presidir as reuniões da minha empresa ou lá o que for. Não gosto de ser notado.

Oi, Chico, que coincidência mais afortunada, ela disse, parando na minha frente, praticamente impedindo o meu caminho.

Todas as pessoas que trabalhavam para mim, não importava em quê, eram instruídas a me chamar de Chico. Quem não trabalhava para mim também me chamava de Chico.

Chico, você parece diferente, ela disse.

Eu havia me escondido na sala VIP e saíra direto para o embarque, tão logo o aviso fora transmitido pelo alto-falante. Não esperava vê-la, nem a ninguém, no saguão do aeroporto.

Você trabalha aqui?, perguntei.

Eu falei para você, ela respondeu.

Não me lembro.

Esqueceu o resto também?, ela perguntou, com um sorriso malicioso.

Não me lembro de você ter falado que trabalhava numa companhia de aviação. Você disse que pareço diferente. Como?

Parece fantasiado.

De certa forma, estou fantasiado. Prazer em te ver.

Liga para mim.

Vou ligar. Tchau.

Ficarei esperando.

Entrei no túnel que levava ao avião.

Camila? Cássia? Como era o nome dela? Cordélia? Eu precisava parar de comer toda mulherzinha gostosa que desse sopa, na loja de sucos ou no restaurante de luxo. Mas agira de acordo com o figurino: mulher você come e chuta.

Na terceira vez, nos encontramos em uma reunião da organização filantrópica *Acabar com a fome agora*, ou AFA, que minha empresa mantinha.

Que agradável surpresa, eu disse.

Sou voluntária da AFA. O trabalho feito pela associação é maravilhoso, parabéns.

Cordélia?

Carlota.

Sou péssimo para nomes.

Gosto mais dos trajes que você está usando hoje. Você fica bem de jeans, ela disse. E com a barba por fazer.

Você também. De jeans.

A reunião tinha uma porção de gente de vários setores, interessada em acabar com a fome, não vou entrar em detalhes. Carlota ficou calada a maior parte do tempo. Percebi que ela, discretamente, me observava como quem olha para um quebra-cabeça.

Procurei Carlota quando a reunião acabou.

Não me lembro do seu nome de família. Corday?

A Corday era Charlotte. Eu sou Carlota, como a Joaquina.

Entendi.

Sou estudante de história. Não quero trabalhar numa companhia de aviação o resto da vida.

E o nome todo? Carlota Joaquina?

Mendes.

Você estuda onde?

Na PUC.

Então, tchau. Foi um prazer.

Tchau. O prazer foi todo meu.

Na quarta vez, Carlota estava numa festa na casa de um banqueiro com quem eu mantinha negócios, um espanhol. Vamos chamá-lo de Juan. Eu estava entrando no banheiro quando a vi. No banheiro limpei a caspa que começava a se acumular nos meus ombros. Quando saí, Carlota estava na porta.

Alô, disse ela, que coincidência agradável. Para você também?

Claro.

Você esqueceu o número do meu celular?

Guardei tão bem que sumiu.

Anota novamente.

Anotei.

Você é o único que está de jeans nesta festa.

Charme.

Carlota entrou no banheiro. Fui procurar o Juan. Coincidência é um evento acidental que parece ter sido planejado, mas não foi, por isso é considerado uma coincidência. Porém muitas vezes essa coincidência nada tem de fortuita, foi mesmo arranjada. Quando digo isso, meus sócios me chamam de paranoico. Paranoico é um sujeito com suspeitas delirantes, mas eu sou lúcido, racional. Por isso nada de mau acontece comigo.

Juan, quem é aquela moça lourinha que está conversando com um sujeito gordo?

Ele é o Ramos, da alfândega.

Não, a moça, quem é ela?

Não sei.

Não olha para lá, por favor, não quero que desconfie que estamos falando dela. Sabe quem foi que a convidou?

Pode ter sido o Ramos.

Não, não foi. Notei, quando ela chegou perto dele, que os dois não se conheciam. Dá para você descobrir com quem ela veio? Discretamente?

Vou ver, disse Juan se misturando com o grupo.

Andei um pouco pelos salões da casa, estudando as pessoas. Novamente encontrei Carlota.

Você está me evitando? O que preciso fazer para você voltar a se interessar por mim? Pintar os cabelos de negro-azeviche?

Tudo menos isso.

Uma tatuagem?

Onde?

Onde você quiser.

Vou pensar.

Carlota passou a mão nos meus ombros.

Você tem caspa, sabia?

Já fiz tudo para acabar com essa coisa.

Tenho um remédio caseiro infalível. Quando posso ir ao seu apartamento fazer uma lavagem na sua cabeça com esse xampu especial? Amanhã?

Fiquei pensando, sempre quis me livrar daquela maldita caspa e já tentara todos os tratamentos possíveis, consultara os melhores especialistas no Brasil e no exterior, sem êxito.

Amanhã não, respondi, me dá dois dias. Você tem o meu endereço, não tem?

Tenho. É aquele lugar aonde nós fomos? Parecia um lugar onde ninguém mora.

Você é boa observadora.

Então até quinta-feira. Nove horas?

Perfeito.

Vou dar uma circulada, ela disse. Já vi que você também não gosta de ficar parado.

Meia hora depois, Juan me chamou num canto.

Aquela garota é uma penetra. Isso é um problema, você não consegue controlar quem entra nas suas festas a menos que coloque alguém na porta fazendo uma triagem, o que é muito desagradável. O que faço com ela?

Nada.

Às nove horas em ponto, dois dias depois, Carlota chegou ao meu apartamento, o lugar onde ninguém morava. Aqueles dois dias tinham sido muito úteis, para mim.

Tira a camisa. Vamos para o banheiro.

Chegando ao banheiro Carlota disse, é melhor você ficar nu. Entra no boxe.

Tirei a roupa e entrei no boxe.

Acho que vou tirar a minha roupa também, ela disse.

Eu já a vira nua, era uma imagem muito sedutora.

Primeiro umedeço a sua cabeça e aplico o remédio e faço um montão de espuma.

Que preparado é esse? Feito de quê?

Não posso dizer a fórmula, é um segredo, uma invenção da minha avó, que era farmacêutica. Agora você tem que ficar cinco minutos com a espuma na cabeça. Pode me beijar e acariciar enquanto isso.

Ficamos nos beijando e acariciando cinco minutos.

Agora vamos tirar essa espuma e aplicar o preparado novamente.

Mais cinco minutos de beijos e carícias.

Depois ficamos os dois debaixo do chuveiro o tempo que ela achou necessário. Saímos do boxe e nos enxugamos.

Em seguida fomos para a cama. Ela merecia mais do que uma trepada, tenho que reconhecer. Era a última vez e eu tinha que aproveitar.

Estávamos deitados em silêncio, suados, saciados.

Posso dormir aqui? Queria passar uma noite com você.

Quem é você?

Carlota Mendes, já esqueceu?

Não existe nenhuma Carlota Mendes estudando história na PUC, eu chequei.

Informação errada, querido.

Nem o seu nome consta do departamento de pessoal das companhias de aviação que operam no aeroporto. Na *Acabar com a fome* ninguém sabe quem é você, não consta o seu nome no corpo de voluntários.

A AFA não é tão bem organizada quanto você pensa. Aquilo é meio bagunçado, eles lá não têm controle de todos os voluntários. Até tenho umas sugestões sobre o funcionamento da secretaria, que estou colocando no papel, para depois lhe dar.

O Juan disse que você era uma penetra na festa dele.

Penetra? Eu fui convidada.

Quem convidou você?

Um rapaz chamado Joãozinho.

Não vi você com nenhum Joãozinho na festa.

Ele estava com a namorada.

Por que você quando se despediu de mim não foi se despedir dele também? Você foi embora sem falar com ninguém.

Ele já havia se retirado.

O seu telefone não tem nome de registro.

Os celulares de cartão são assim, seu bobinho.

Deitei o meu corpo sobre o dela. Dei um leve beijo em sua boca.

Fala a verdade, Carlota, ou lá que nome você tenha.

Estou falando a verdade. Deixa de ser paranoico.

Coloquei as minhas mãos em torno do seu pescoço.

Vou apertar o seu pescoço até você falar a verdade. E não sou paranoico, fique sabendo, apenas lúcido.

Ela tentou se desvencilhar, Carlota, ou lá que nome tivesse, possuía muita força nos braços. Lutamos algum tempo, até ela ficar imóvel.

Na sua bolsa não havia documento de identificação, nem cosméticos, apenas uma corda fina de náilon.

Liguei para o Magrão.

Passa aqui, tenho um serviço para você fazer. Traz uma mala grande, de rodinhas.

Meia hora, disse Magrão.

Ele chegou em vinte minutos, com a mala que eu havia pedido.

Vai ser fácil, ela é miudinha, disse Magrão contemplando o corpo sobre a cama.

Você entrou pela garagem?

Entrei, tenho o controle remoto.

Magrão colocou a mulher na mala. Ele tinha razão, foi fácil.

Apaguei as luzes do apartamento. Levei Magrão até a janela.

Está vendo aquele carro parado na esquina? Tem dois sujeitos dentro dele. Fica de olho para ver se eles vão seguir você.

Magrão foi embora, puxando a mala que deslizava sobre as rodinhas.

Dez minutos depois Magrão me ligou pelo celular.

Os caras não me seguiram.

Eu sei. Eles continuam parados na esquina.

Às quatro da manhã o carro da esquina com os sujeitos foi embora. Como tem gente preguiçosa neste mundo! É por isso que não fazem as coisas direito.

Fui para a frente do espelho e esfreguei o couro cabeludo. Gostaria que os armários de roupa não estivessem vazios, para vestir uma camisa escura e verificar melhor o resultado. Mesmo sendo branca, a camisa permitia ver as escamas espalhadas sobre meu ombro. Sabia que isso ia acontecer, já havia tentado de tudo para acabar com aquela maldita caspa, sem conseguir.

AGORA VOCÊ (OU JOSÉ E SEUS IRMÃOS)

Quem quer falar primeiro?

Eu. Ontem entrei no elevador, um desses modernos que não têm botão para apertar, os números dos andares ficam em quadradinhos que se iluminam com o toque, eu estiquei a mão, encostando bem de leve o dedo no número do andar para onde eu ia, de leve mesmo, quase um sopro, e tirei o dedo com a maior rapidez possível, só para testar. O número se iluminou, esses troços funcionam mesmo. Ah, que gracinha, alguém disse. Era um elevador grande, cheio de gente, mas não foi difícil identificar o babaca que havia falado. Está falando comigo? perguntei como um ator durão do cinema, para ver se o pilantra sacava o bicho que ia dar. Mas o sujeito, que não era muito esperto, apenas escroto, disse, estou sim, queridinho. Enfiei logo a mão na cara dele, não por ele achar que eu era veado, desculpem, você é o que você acredita que é, meti a mão nos cornos dele porque não gosto que sujeitos como aquele me dirijam a palavra sem minha licença. O filho da puta, desculpem, ia entrar na porrada mesmo se me desse bom-dia. Apenas um velho, entre os sujeitos que estavam no elevador, protestou, o senhor não pode fazer isso. Deixei passar. O berdamerda que entrou na porrada botou o galho dentro e se escondeu atrás dos outros, no fundo do elevador. Ninguém falou nada, e se falassem eu ia dar porrada para todo lado, seria uma boa oportunidade para botar pra quebrar dentro de um elevador, coisa que nunca fiz até hoje. Reconheço que sou um recalcado indo à forra. Eu era magrinho e delicado, todo mundo me sacaneava, até enfiaram uma vez o dedo no meu cu, desculpem, porque eu era bonito e as pessoas não gostam de homem bonito. Mas entrei para uma academia de musculação, tomei aqueles remédios todos, pratiquei artes marciais, virei um touro, fiz uma tatuagem no braço, um demônio com chifres e tudo, esta aqui, ó, em cima do bíceps, os chifres crescem é só eu inchar o músculo, estão vendo? Continuo sendo uma pessoa de gestos delicados, sou incapaz de agredir velhos, crianças, mulheres e aleijados, não provoco ninguém, a gente ganha músculos mas a alma continua a mesma. Hoje mais ninguém me sacaneia, a não ser certos sujeitos burros que não veem o perigo, como aqueles distraídos que no zoológico querem fazer cafuné na cabeça do tigre enjaulado e perdem o braço. Os idiotas que se engraçam comigo não perdem os braços, mas têm que colocar os ditos no gesso e comprar dentes postiços, isso quando dão sorte de eu estar num dia calmo.

Ouvimos o José. Agora fala você, Xuxinha.

Eu gostava de um rapaz que só me procurava para, bem, para sexo. Disse a ele, você só quer me usar, nunca me leva para ir a lugar nenhum, nem ao McDonald's, e ele respondeu, você tem razão, me perdoe. E nunca mais me procurou, sumiu. Arranjei um namorado que gostava de ir ao teatro, me levava para comer no japonês porque sabia que eu gostava de ir comer no japonês, e no meu aniversário me deu um relógio Cartier, enquanto que o outro nunca me deu sequer uma flor. Mas eu não conseguia esquecer o outro e terminei com esse que me deu o relógio Cartier. Era uma imitação, depois descobri. Todos os dias penso no outro namorado que sumiu. É isso.

Muito bem, Xuxinha. Você quer falar agora, Gerlaine?

Me deixa pro fim, por favor.

Então agora você, Mário.

Eu queria contar uma história como a do José, mas comigo não acontece nada, as pessoas nem tomam conhecimento que eu existo, posso assobiar, sapatear no meio da rua, vestir uma roupa cheia de guizos que ninguém me olha. Eu saio daqui e ninguém que esteve comigo lembra do meu nome, pior, nem me reconhece, hoje, antes de subir encontrei uma pessoa na porta do edifício, não vou dizer quem foi, e disse pra essa pessoa, nós vamos nos encontrar novamente e essa pessoa perguntou, quem é você? e já me viu aqui três vezes.

Uma vez. Esta é a nossa segunda reunião, Mário. E agora você, Renato.

Eu não queria contar uma história igual à de José, mas eu, eu queria ser o José e reagir a todas as provocações que me fazem porque sou gago. Mas não tenho coragem. Sou o maior engolidor de sapos da cidade.

Talvez seja preciso que alguém enfie o dedo no seu cu, desculpem.

José, espere a hora do debate. Renato, é só isso?

Eu queria ser o José para também enfiar a mão na cara dele, como ele diz. Mas não sou, e como ele diz, ponho o galho dentro.

Renato, você notou que não gaguejou uma vez sequer? Isso é um progresso.

É mesmo? Obrigado. É, é, só, só isso.

Gerlaine? Depois? No fim? Está bem. Agora você, Clebson.

Não tenho problemas, só não consigo dormir direito, oito horas como todo mundo. Durmo três horas por noite, mas a minha mulher diz que é mentira, que eu durmo muito mais. Ela sim, dorme oito horas e eu fico com raiva dela porque dorme enquanto fico acordado e depois me chama de mentiroso, e a pior coisa do mundo é você ficar acordado todas as noites com insônia e alguém ficar ressonando ao seu lado. E quando é a mulher da gente, é pior ainda. Quer dizer, nunca dormi com outra mulher, mas acho que se fosse outra mulher eu não me incomodaria tanto.

Dorme com outra mulher para ver.

José, por favor. Espere um pouco, já vamos começar o debate. E por favor, para de ficar escarrando da janela. Mais alguma coisa, Clebson?

Eu não queria ser o José.

Quer ser um pobre-diabo que não dorme, é isso?

José, se você continuar assim, encerro a reunião.

Está bem, está bem.

Agora você, Gerlaine. Depois? Então agora você, Marcinha.

O que eu queria falar na nossa primeira reunião era sobre a minha compulsão por comer chocolate, não falei porque ficou sendo apenas o dia da nossa apresentação e eu disse que o meu nome era Marcinha, mas como está todo mundo abrindo o coração, quer dizer, abrindo um pouco, quero começar dizendo que o meu nome não é Marcinha, esse é um pseudônimo e isso não chega a ser uma falsidade porque eu sempre quis me chamar Marcinha e vocês podem me chamar de Marcinha. Mas eu falava da minha loucura por chocolate. Como chocolate todo dia e engordo todo dia, e a coisa que eu mais gostava era ir à praia, e cada ano o verão é mais forte, mas não tenho coragem, desisto, me sinto humilhada quando vejo meu corpo no espelho, com o maiô inteiro que comprei e que nem mesmo as coroas usam mais.

Quem come chocolate tem que malhar, pra queimar as calorias.

José, é a vez dela falar.

Não vou falar muito mais. Eu não resisto. Tenho sempre barras de chocolate na minha casa, um dia tranquei a despensa e joguei a chave fora, mas algumas horas depois arrombei a porta da despensa e devorei várias barras sem parar, o que acabou desarranjando os meus intestinos. Bem, eu disse que ia falar pouco e vou terminar. Outro dia eu estava em casa, de tarde, vendo televisão, e quando fui pegar um chocolate notei que havia acabado. Saí correndo desesperada para comprar chocolate no supermercado que fica perto da minha casa e quando já estava lá dentro, em frente a uma prateleira cheia de chocolates variados, percebi que não havia levado a bolsa e não tinha um tostão comigo. Me senti tão infeliz que comecei a chorar em frente à prateleira, eu não ia aguentar mais um minuto sem comer um pedaço de chocolate. Então coloquei uma barra pequena no meu seio, o peito grande serviu pelo menos para isso, e saí com a barra escondida e logo que cheguei na rua devorei o chocolate. Mas a minha vontade não passava e eu, e eu, o negócio é abrir o coração, não é?, e eu corri para outro supermercado e fiz a mesma coisa, apanhei duas barras e fugi com elas, e comi as duas na rua e depois fui na padaria e apanhei, agora três barras, escondi no peito e comi logo em seguida na rua. Acho que a minha história é a pior de todas.

Você quer dizer mais alguma coisa?

Depois.

Está bem, Marcinha. Agora você, Salim.

Não posso ver um turista, louro principalmente, esses caras que fazem favela tour, pegam as nossas mulatas, enchem a cara de caipirinha, compram bandejas de asa de borboleta e depois vão embora falando mal do Brasil e nós brasileiros achamos eles o máximo, isso é que me irrita mais, acharmos eles o máximo e ficarmos loucos para visitar os países deles e quando chegamos lá vemos que não é nada disso, é só enfeite, e eles não gostam de estrangeiros, na França, na Inglaterra, não escapa país nenhum. Um dia fui visitar a Alemanha, diziam para mim, você precisa ir à Alemanha e eu fui à Alemanha e chegando lá só vi mulher gorda de nariz vermelho, o pior é que me tratavam mal em todos os lugares, até o cara que vendia salsicha no quiosque da rua, e quando perguntei a um brasileiro que estava comigo, nós éramos dois casais, eu e minha mulher e ele e a mulher dele, perguntei por que os gringos me tratavam diferente dele, que também não era lá muito bem recebido, o meu amigo respondeu que eles pensavam que eu era turco.

Mas você é turco, Salim.

Turco porra nenhuma, sou filho de libaneses.

Calma, pessoal, estamos aqui para aliviar tensões, não vamos criá-las. José, por favor.

Eu não acho ruim ser turco.

Estou pedindo, José.

Não falo mais nada.

Continue, Salim.

Sou brasileiro, e acho que nós brasileiros devemos ter o maior orgulho do que somos e deixar de ser uns bestalhões deslumbrados com bobagens como a Disney, um monte de patetas gastando dinheiro para ver o Pateta. O avião que vem de Miami parece um ônibus que veio do Paraguai, com sacoleiros cheio de bugigangas. O Brasil é o melhor país do mundo. O José em vez de bater em brasileiros devia bater nesses gringos.

Já enchi muito gringo de porrada.

Assim não é possível. Você não pode ficar calado um minuto, José? E eu não pedi para não escarrar mais pela janela?

Eu não olho nacionalidade, nem cor, nem a roupa que o cara está vestindo, já disse, só não bato em velho, criança, mulher e aleijado, esses podem fazer o que bem entenderem, não encosto a mão. São doze andares, vou engolir o catarro? É um catarro preto.

José, você está querendo que eu termine a reunião? Se você interferir mais uma vez, eu termino. Se escarrar mais uma vez da janela, também termino. Tem gente passando na rua, não importa se são doze andares até lá embaixo. Mais alguma coisa, Salim?

Só uma última palavrinha: amor com amor se paga, e desprezo também. Isso é o que devia estar na nossa bandeira, e não ordem e progresso.

Bem, Salim. Agora você, Gerlaine.

Não quero falar.

Gerlaine, fala o que você quiser. Todo mundo falou.

Não quero.

Você precisa falar. Faz parte, entendeu? Não? Não mesmo? Está bem, fica então ouvindo, garanto que não estará perdendo o seu tempo. Meus amigos e amigas, ouvimos palavras interessantes de todos. Falta o nosso debate. José, por favor, controle seu temperamento impulsivo, está bem? E vamos ser compreensivos uns com os outros, vamos ouvir a opinião alheia com atenção e respeito, ainda que discordando. Com licença, o meu celular está tocando. Tive que deixar o celular ligado porque estou esperando um telefonema grave e urgente, conto com a indulgência de todos. Sim, sim, pode falar. Sei, sei, entendi. Como que ele não pode fazer isso? Foi combinado. Ouça, estou no meio de uma reunião, sim, já entendi, o sujeito se recusa, mas então você não paga, diz que vou conversar com ele. Agora não posso, tenho que desligar, falo com ele depois. Pessoal, peço desculpas pela interrupção. Muito bem, como eu dizia, foi uma jornada muito produtiva, na quinta-feira à mesma hora faremos um debate longo. Gerlaine, você vai ter que dizer alguma coisa, promete? Até quinta, pessoal. Onde foi que larguei o celular?

A NATUREZA, EM OPOSIÇÃO À GRAÇA

O senhor mora há muito tempo no condomínio? perguntou o policial.

Dois anos, respondi. Antes morava na Ilha do Governador.

Se um policial me interrogasse alguns dias antes, eu ficaria amedrontado. Mas não depois de tudo o que aconteceu.

Enquanto o policial fazia perguntas, minha mente rememorava os acontecimentos. Não sei por quê, a primeira coisa que lembrei foi do calor da sauna do condomínio, a sauna onde eu ficava escondido para me livrar de Sérgio. Não esqueço aquele dia em que estava na beira da piscina, sentado ao lado de Alessandra, deitada de biquíni numa espreguiçadeira, quando Sérgio se aproximou e, antes que eu pudesse fugir para a sauna, postou-se ao nosso lado, olhando acintosamente o corpo da minha namorada. Depois perguntou, não vai cair na água, ô raquítico?

Ele sabia nadar, jogar tênis, lutar jiu-jítsu, eu não. Era musculoso, eu não.

Fingi não ter ouvido e quando Sérgio foi embora Alessandra disse, como se estivesse falando com uma criança, você fez muito bem em não ficar batendo boca com esse rapaz, ele não estuda nem trabalha, vive às custas do pai, é um burro, se um burro te dá um coice, você não tem que dar outro de volta.

As palavras de Alessandra não me serviram de consolo, não evitaram que eu me sentisse envergonhado.

Naquela tarde, enquanto caminhávamos pelo playground, minha cabeça cheia de pensamentos soturnos, Alessandra disse que um velho com aspecto ameaçador estava nos seguindo. Nem olhei para trás, respondi que a mãe dela nos esperava para o jantar e que era melhor a gente se apressar. Eu tinha medo de todo mundo.

Os pais de Alessandra prefeririam que ela namorasse um homem formado em alguma profissão liberal, era filha única, cursava economia numa universidade, tinham orgulho da filha. O pai, um homem de origem humilde, costumava dizer que vencera na vida com grande esforço. Era proprietário de uma rede de três pequenos mercados nos subúrbios e pretendia ampliar seus negócios. A mãe, uma boa cozinheira, possuía talento natural para criar pratos saborosos sem nunca ter lido um livro de culinária. Dizia que não gostava de copiar as receitas dos outros, mas na verdade era semianalfabeta. Lamentava que o seu futuro genro não comesse os melhores pratos que ela fazia, pois eu era vegetariano. Dona Lurdinha perdoava-me essa excentricidade, como me perdoava não ser doutor, e preparava-me iguarias especiais, com verduras e legumes, pois eu era delicado, prestativo e tratava bem sua filha.

Nesse dia, dona Lurdinha perguntou se o Sérgio, aquele rapaz bonito, estava lá na piscina, e Alessandra respondeu, inesperadamente, que Sérgio tinha cílios lindos.

Saí da casa dos pais de Alessandra e caminhei meditabundo pelas aleias do condomínio, pensando no que Alessandra dissera das pestanas de Sérgio. Para alguém notar as pestanas de outro é preciso uma atenção singular. Ao passar em frente a um dos prédios do condomínio, notei um velho parado na porta. Desconfiei que era o mesmo que nos seguira antes.

Ele se postou à minha frente.

Permita que me apresente, disse o velho, meu nome é Victor, víquitor, pronunciando-se o c. Moro aqui no condomínio, mas ninguém me conhece, e ninguém me conhece porque ninguém me vê, e ninguém me vê porque escolhi ver em lugar de ser visto.

Mantive-me calado e o velho acrescentou que gostaria de me dizer algumas palavras. Por favor, acompanhe-me até meu apartamento, disse ele, abrindo a porta do prédio. Por qualquer motivo, o porteiro da noite tinha desaparecido.

Como se estivesse hipnotizado, segui Victor até onde ele morava, um lugar escuro, repleto de livros, enfileirados em estantes que cobriam todas as paredes.

Sente-se, ele disse indicando uma cadeira cheia de livros, que removeu jogando-os ao chão.

Sua voz ficou mais rouca. Tenho visto as ofensas que esse indivíduo lhe faz sempre que vocês se encontram, notei o que aconteceu hoje na piscina. Você, como fazem os cachorros medrosos ao enfrentar um outro mais feroz, deitou-se submisso com o rabo entre as pernas.

Qualquer outra pessoa teria me magoado com aquelas palavras, mas o velho parecia um bruxo de história em quadrinhos. Depois de ter dito que eu não passava de um cão medroso, acrescentou que sabia por que eu não reagia às provocações do outro.

Você se alimenta de legumes e verduras, essa é a causa do seu medo. Mesmo Rousseau, um compulsivo vegetariano do século

XVIII, admitia que as pessoas que se alimentam basicamente de legumes e verduras ficam efeminadas.

O velho disse isso em frente a uma das suas estantes, praguejando e dando pontapés nos livros no chão à sua frente.

Onde está o maldito livro, nunca encontro o que estou procurando nesta balbúrdia infernal, mas Rousseau ter sumido não tem importância, entre os pensadores famosos ele foi um dos que disseram mais idiotices. Ouça, jovem ignorante, o homem é um animal que só adquiriu coragem quando deixou de comer raízes e outras porcarias arrancadas da terra e começou a ingerir carne vermelha. Dize-me o que comes e dir-te-ei quem és, até os cozinheiros sabem disso. Uma gazela come verduras — e o leão? O leão come a gazela, você tem que decidir se quer ser zebra ou tigre, há quanto tempo você não come carne?

As palavras do velho me incomodaram. Confuso, pedi licença para me retirar.

Vai, mas você voltará, ele disse.

Aquela dieta cuidadosa à base de verduras havia feito de mim um covarde? Não, eu era apenas prudente, e as pessoas felizes eram prudentes, e a prudência leva à previdência, e graças a isso eu escapara da pobreza de minha infância.

No dia seguinte fui à casa de Alessandra e dona Lurdinha disse, quem é vivo sempre aparece, vou chamar a Alessandra, ela está esquisita, saiu dizendo que ia ao playground, voltou um minuto depois e se trancou no quarto.

Seu Raimundo assistia à televisão, aproveitava para ver os jogos de futebol nessas horas em que dona Lurdinha cozinhava.

Dona Lurdinha bateu na porta do quarto, Alessandra, o Ricardo está aqui.

Alessandra não respondeu. Ela está se enfeitando, disse seu Raimundo. Mas quando Alessandra abriu a porta percebi que ela estava desarrumada, os olhos inchados, pálida.

Eu queria que você soubesse por mim, disse Alessandra.

Pegou o meu braço e fomos andar pelo playground, e ela repetiu, eu queria que você soubesse por mim, mas o Sérgio te contou, não foi?

O Sérgio não havia contado coisa alguma e antes que eu lhe dissesse isso Alessandra continuou, mas a culpa não é só dele, é minha também, acho que eu gostava dele e não sabia.

Os cílios, pensei, sentindo uma vertigem, entendendo afinal toda a situação.

Afastei-me, confuso, Alessandra gritou aonde você vai, mas continuou parada na beira da quadra de tênis do condomínio. A namorada que eu amava ia ficar à mercê daquele brutamontes. Percebi que estava passando em frente ao prédio do velho Victor ao vê-lo parado na porta. Ele fez um gesto, me chamando. Segui-o até a sala cheia de livros, onde uma luz fraca mal iluminava o ambiente.

Ele tirou a minha namorada, não sei o que fazer, eu disse, retirando os livros de cima da cadeira, onde arriei infeliz.

Você passou vinte anos comendo legumes e verduras, disse o velho, chegou a um ponto crítico, quer um pedaço de carne?

Mostrou-me algo que tinha na mão, uma asquerosa massa sangrenta.

Só tem uma solução, meu jovem, o velho prosseguiu, você é um caso sério, para resolver o seu problema não adianta agora comer bifes grelhados, tem que beber sangue, os grandes guerreiros se fortaleciam para a guerra bebendo sangue, mas ninguém fala mais nisso, as pessoas pensam no sangue como um fluido vermelho com plasma e corpúsculos unicelulares que serve apenas para carregar oxigênio, nutrientes e doenças de um lado para o outro. Os barbeiros antigos, aqueles que faziam sangrias, entendiam mais de sangue do que os médicos e cientistas em geral, porque sabiam que sangue é para ser derramado.

Está falando sério?, perguntei.

Eu só falo sério, respondeu o velho Victor, sou por acaso um político?

Que sangue devo beber? De galinha?

Ele virou-se para mim, irritado. De galinha?, sangue de galinha é igual a sangue de barata.

No dia seguinte faltei ao trabalho e fui a um açougue. A visão daquelas carnes e o cheiro que exalavam me encheram de repugnância, pensei que vomitaria ali mesmo, mas consegui perguntar ao açougueiro, em voz baixa, de maneira a não ser ouvido por um outro freguês, o senhor tem sangue para vender? Ele perguntou se era para fazer sarrabulho e quando respondi que não sabia o que era aquilo explicou: sarrabulho era o mesmo que sarapatel, uma comida feita com sangue de porco coagulado.

Não, eu disse, tem que ser sangue fresco.

Sangue fresco é difícil.

Quando acrescentei que não importava o preço, ele perguntou baixinho, de porco ou de vaca?

De touro, eu disse.

Quatro dias depois, o açougueiro me telefonou dizendo que a mercadoria estava no açougue à minha disposição. Um embrulho de plástico, com uma substância marrom.

Não é líquido?

Sangue coagula, e esse é de touro, doutor, coagula mais facilmente, mas é só bater no liquidificador, um freguês meu faz assim, bate com um pouco de água, todo sangue normalmente já tem um pouco de água, botar mais um pouco não vai estragar nada.

Fui procurar o velho, mas errei de prédio e não o encontrei. Os prédios eram todos iguais, só se diferençavam pelos nomes. Felizmente, quando ia para casa, me encontrei com ele. O velho me fez um sinal para segui-lo até o seu apartamento.

Mostrei o litro do sangue de touro que o açougueiro me havia vendido. É de vaca, disse o velho, analisando o material, mas é melhor do que nada.

Vou ter que bater no liquidificador com água.

O velho deu uma gargalhada, ou talvez tivesse sido um ataque de tosse.

Nada de liquidificador, come assim mesmo, mas só um quilo de sangue coagulado é muito pouco, tem que comer todos os dias, durante um mês.

Ao voltar para minha casa coloquei o sangue num prato fundo, sentindo seu odor nauseabundo. Com uma das mãos apertei o nariz e com a outra enchi uma colher com aquela substância, mas não consegui levá-la à boca. Então pensei em Alessandra falando das pestanas de Sérgio e isso fez com que resolutamente enfiasse a colher na boca, sempre apertando as narinas com a outra mão, e depois de algumas rápidas mastigadas engoli a matéria repelente, suando, sentindo vontade de vomitar, o corpo tremendo. Senti uma fraqueza invadir meu corpo e cambaleando fui para o quarto, deitei-me, e logo o orgulho de ter conseguido comer sangue me animou, o enjoo desapareceu, meu corpo deixou de tremer.

A primeira semana foi a mais difícil, não sentia repugnância apenas pela pasta de sangue que era obrigado a ingerir, a visão de qualquer alimento me causava náuseas. No domingo, na casa de Alessandra, ao ver o suflê de chuchu que dona Lurdinha preparou especialmente para mim, senti um enjoo forte e corri para o banheiro, onde vomitei tudo.

Durante um mês segui com sacrifício a dieta do velho, esperando conseguir ter coragem de desafiar o meu inimigo, mas ainda sem forças para enfrentá-lo.

Novamente procurei a residência do velho, sem sucesso.

Fiquei andando pelas alamedas do condomínio e, para minha felicidade, Victor gostava de passear à noite. Eu o encontrei, encostado numa amendoeira do parque do condomínio. Falei do medo que continuava sentindo.

Se você quer resultados a curto prazo, ele disse, tem que beber o sangue do inimigo e se precisar matar o inimigo para beber o sangue dele, mata o inimigo, o melhor é isso mesmo, matar o inimigo e beber o sangue dele, e depois comer a carne dele, era assim que se fazia antigamente, muito antigamente. E não se mata o inimigo e bebe-se-lhe o sangue apenas para deixar de ter medo dele, é para não se ter mais medo de ninguém e de nada.

Fui para o meu apartamento. Ao passar pelo estacionamento, deparei com Sérgio, que saía de um carro. Era noite, mas dava para ver os longos cílios dele.

A Alessandra me disse que você gosta de pescar, eu tenho dois molinetes, vamos pescar um dia, juntos? ele perguntou amavelmente.

Sérgio sempre me tratou com desprezo, mas nesse dia mostrou-se respeitoso. Pediu o meu telefone quando nos despedimos.

Na noite seguinte, quando estava entrando no meu prédio, o velho Victor apareceu na minha frente, cabelos e barba desgrenhados, a roupa suja de areia, como se tivesse dormido na praia. Eu o cumprimentei e ele se curvou fazendo uns ruídos estranhos, podia ser um ataque de tosse ou um acesso contido de riso.

Gostei da sua cara, da indecisão em seu rosto, ele disse, isso me agrada, indecisão tem uma dinâmica singular, começa sendo entre fazer uma coisa e nada fazer, e depois entre fazer uma coisa e fazer outra, no fim alguma coisa acaba sempre sendo feita. A gente se vê depois.

Ele sumiu e nesse momento apareceu Alessandra. Estava constrangida e eu também.

Não vai falar nada?, perguntou.

Como vai?, respondi.

Eu é que pergunto, como vão as coisas, seu estômago está melhor? Tem trabalhado muito?

Você está feliz?, perguntei.

Muito, mas sinto falta do meu amigo.

O amigo era eu, eu tinha virado isso, o amigo. Lembrei do velho Victor e de toda aquela teoria da indecisão. Alguma coisa acaba sempre sendo feita.

Chegando em casa liguei para Sérgio perguntando se ele não queria pescar no fim de semana.

Pode contar comigo, respondeu Sérgio, já pescou à noite, de cima de um penhasco?

No sábado, conforme havíamos combinado, nos encontramos no estacionamento, Sérgio carregava dois molinetes e me deu um.

É um presente, ele disse, você merece, foi um namorado respeitoso.

Como é que ele sabia que eu tinha sido um namorado respeitoso? É duro, mas ele devia ter descoberto isso, que eu era um namorado respeitoso, quando tirou a virgindade de Alessandra, coisa que eu não fiz, apesar de ela ter pedido.

Os peixes estão esperando, conheço o caminho, vamos no meu carro, é uma máquina importada, vai ver que maravilha, disse Sérgio, dando-me as chaves para que eu dirigisse durante a viagem.

Fingi que estava concentrado na direção, assim não precisava conversar com ele. Afinal chegamos ao nosso destino.

Do alto do precipício ouvíamos o barulho do mar batendo nas pedras. A noite era escura, sem lua, mas eu via os longos cílios de Sérgio. Notei também uma pedra grande no chão, se ela não estivesse ali talvez tudo não acontecesse tão rapidamente. Peguei a pedra e bati com força na cabeça de Sérgio. Ele caiu, sangrando muito, e despencaria no precipício, se eu não o segurasse, colocando o meu corpo sobre o dele.

Colei a boca no ferimento da cabeça de Sérgio, para sugar o sangue que escorria. Não senti nenhum nojo, era como se fosse suco de tomate. Sorvi o sangue dele durante uns dez minutos, enquanto sentia, com a ponta dos dedos, a sedosidade dos seus longos cílios. Depois eu o empurrei e ele rolou pela escarpa. Ouvi o ruído do corpo batendo na água, ao afundar.

Ele escorregou?, perguntou o tira.

Escorregou, eu não podia fazer nada, a não ser pedir socorro, esperar os bombeiros.

O laudo do legista registra que as pálpebras do morto foram arrancadas, disse o tira.

Deve ter sido um peixe, eu disse.

O tira olhou para mim, viu à sua frente um homem seguro e tranquilo.

Muito obrigado pela sua cooperação, ele disse.

Saí da delegacia e a polícia nunca mais me incomodou.

Decidi ir ao apartamento do velho Victor para agradecer os conselhos que me dera. Como sempre me enganava de prédio, não me incomodei quando o porteiro disse que não conhecia nenhum velho com as características descritas por mim. Percorri as portarias de todos os outros prédios, e os respectivos porteiros disseram a mesma coisa.

Alessandra me procurou, queria voltar a ser minha namorada. Levei-a para a cama umas duas vezes e depois tirei Alessandra e as verduras e legumes da sua mãe da minha vida.

O ESTUPRADOR

Júlia sempre usava a gola do vestido, ou da blusa, fechada. Seu corpo era muito bem-feito, principalmente os seios. Há quem pense que o seio ideal deve ser duro e arrogantemente empinado, ou alcantilado como uma escarpa ascendente, ou então grande e redondo como um melão. Não, o seio perfeito enche a mão de um homem, sem sobrar para os lados, é macio e pende um pouco, muito pouco, em leve sinuosidade e depois se ergue docemente, ficando o seu bico acima da linha do horizonte. As finas camisas de malha que ela usava, sem sutiã, indicavam que os seios de Júlia pertenciam a essa última categoria.

Júlia mantinha a gola fechada e só me deixava beijar o seu pescoço, que era muito bonito. Eu gostava de ir à praia, mas ela detestava praia, piscina, e alguém poderia imaginar que Júlia tinha celulite ou pernas tortas, mas os shorts que usava demonstravam que esse não era o motivo.

Eu era louco por ela. Ficava acordado a noite inteira pensando em Júlia. Às vezes levantava da cama e ia para a janela gritar o seu nome. Para falar a verdade, já gritei para que a rua ouvisse outros nomes de mulheres, mas não tão alto quanto o de Júlia. O sujeito não pode, nos tempos que correm, ficar apenas afagando os seios e beijando o pescoço da mulher amada. Pedi Júlia em casamento e ela respondeu que não estava preparada para assumir esse compromisso. Além de gritar da janela eu também batia com a cabeça na parede pensando em Júlia, mas para falar a verdade já bati com a cabeça na parede por outras mulheres, só que não com tanta força.

Quando tocava em seus seios, Júlia segurava com força a gola fechada da roupa que usava. Eu tinha a impressão de que ela não sentia prazer na minha carícia. Para piorar as coisas, Júlia era órfã e não havia possíveis aliados para visitar e pedir a filha em casamento. Só me restava uma medida drástica.

Comprei umas cordas grossas, que escondi debaixo da minha cama. Se não der certo, pensei, posso me enforcar. Jamais pensei em me enforcar por nenhuma outra mulher.

Júlia sempre ia à minha casa para vermos filmes, que depois comentávamos animadamente. Um dia, depois de assistirmos a um desses clássicos, eu a agarrei com força, subjuguei-a, levei-a para a cama e a amarrei com as cordas.

Quando abri a gola da sua blusa ela gritou, não, não, pelo amor de Deus, não faça isso.

Júlia continuou gritando enquanto eu tirava a sua blusa. Quando ficou nua, com os seios à mostra, começou a chorar. Na altura da clavícula havia um pequeno tumor, purulento.

Eu não queria que você visse isso, ela disse soluçando convulsivamente.

Isso não é nada, eu te amo.

Curvei-me e lambi e chupei a pequena pústula, várias vezes. Um homem apaixonado não tem nojos da mulher amada. Ela ficou imóvel, parecia desmaiada. Em seguida eu a desamarrei e a vesti, fechando a gola da blusa cuidadosamente. Ela continuou deitada algum tempo, depois se levantou e foi embora sem dizer uma palavra.

Fiquei em casa, derreado, me sentindo um estuprador nojento.

Um mês depois ela me telefonou para dizer que estava muito feliz. Que durante muito tempo passara sem resultado uma porção de remédios naquela coisa, que a enchia de vergonha. Mas agora havia desaparecido, ela estava boa. Queria se encontrar comigo.

Passamos a frequentar a praia e as piscinas. Continuamos vendo os filmes clássicos, mas depois íamos para a cama. Ela tirava as suas roupas para que eu contemplasse seu corpo antes de fazermos amor. Dizia que se eu quisesse podíamos nos casar, mas eu pedia para esperarmos um pouco.

BELOS DENTES E BOM CORAÇÃO

Ouvi dizer que há pessoas que riem para mostrar seus belos dentes e outras que choram para mostrar que têm bom coração. Em todas as minhas fotos, M. está rindo, mas não como certas grã-finas nas colunas sociais. Essas peruas sempre aparecem com os dentes à mostra, mas nunca estão realmente rindo, estão olhando para a lente da máquina, pensando no que as amigas vão dizer quando virem sua foto publicada, fingindo que riem, e quando o fotógrafo se afasta, elas mostram um rosto acabrunhado, às vezes aflito. Já andei nas festas e sei o que estou dizendo. Os que riem de verdade, como os que estão apaixonados, não têm a menor noção do que acontece em torno deles, não veem nada em volta. Um fotógrafo tirando fotografias, por exemplo. Rir é bom, mas pode foder a vida de uma pessoa.

M., quando chorou, assoou o nariz, talvez porque seja assim que as mocinhas choram nos filmes: começam a chorar e o galã, ou outro homem qualquer, nunca outra mulher, tira um lenço do bolso, os homens carregam sempre um lenço limpo no bolso, dá a ela e a mocinha limpa o nariz. Claro que há uma justificativa fisiológica para isso, a lágrima, além de umedecer a conjuntiva, pode penetrar nas fossas nasais. No dia em que M. chorou, o cara que estava com ela não tinha lenço no bolso, ou talvez o lenço dele não estivesse limpo, aliás, se o sujeito carrega um lenço no bolso da calça é para sujá-lo, a menos que o cara esteja trabalhando num filme. Ele deu a gravata para M. e ela assoou na gravata. Mas estou pondo o carro adiante dos bois. Vamos pela ordem.

Alguém me avisava quando M. saía de casa. Eu fazia o meu trabalho sem pressa, de maneira discreta, como manda o figurino. Minha missão era descobrir se ela estava se encontrando com algum homem.

Acampanava M. havia quatro dias quando vi pela primeira vez os dois juntos, no centro da cidade, no balcão de um desses lugares que só servem café expresso. Estavam tranquilos, tomar cafezinho é uma coisa inocente, ainda mais em pé, num balcão. Riam muito, ela mais ainda, um riso alegre mas quase silencioso, sem tirar os olhos do homem que estava com ela. M. estava apaixonada.

O segundo encontro foi num restaurante japonês que ficava num sobrado do centro. M. comeu com os pauzinhos, isso me irrita, quem tem que comer com pauzinho é japonês. O cara usou garfo e faca. Houve um momento em que ele pegou na mão de M. e os dois ficaram calados durante algum tempo. Eles se despediram na porta do restaurante.

O terceiro encontro foi novamente no lugar que só servia café expresso. Eles estavam sérios e tensos, o cara tomou duas xícaras de expresso e M. três, antes de se decidirem.

Os dois não eram muito espertos, saíram quase ao mesmo tempo do café, andando na mesma direção, o homem na frente a uns cinco metros de distância. O centro da cidade é o melhor lugar para encontros furtivos, tem uma profusão de prédios mistos, com escritórios, consultórios e residências, às vezes no mesmo andar. E as ruas estão sempre cheias de pessoas de todos os tipos se movimentando de um lado para o outro.

Quando o homem entrou num prédio eu me apressei, passei por M. e ainda deu tempo de entrar com o cara no elevador. Um novato escolheria a mulher, mas nesses casos é melhor grudar no homem, a mulher nessas situações está sempre escabreada, desconfiando dos outros. Os marmanjos não dão bola para os estranhos que estão no elevador com eles, ainda mais os que usam paletó e gravata, como o cara que eu seguia, que provavelmente trabalhava num prédio da cidade e andava num elevador lotado todos os dias. Fiquei ao seu lado e o cara nem olhou para mim, nem mesmo quando saltamos juntos.

Caminhou pelo corredor e abriu a porta do 1.618. Não esperei M. chegar, peguei um elevador que descia, fui para minha casa, tomei um comprimido de vitamina C e deitei. Estava com um vírus que causava dores pelo corpo todo. O telefone tocou, mas deixei a secretária eletrônica atender. Mais tarde chequei quem era. Ouvi o recado curto do cliente dizendo que queria falar comigo. Liguei para o número de celular que ele me dera.

Alguma novidade? perguntou.

Nada, respondi.

Nada, nada, como nada? Ela passou a tarde fora.

Estava no shopping.

Mas não fez compras? Chegou de mãos vazias.

As mulheres gostam de olhar as vitrines, eu disse.

Me garantiram que você era o melhor, que posso confiar em você.

Eu sou o melhor, pode confiar.

Não larga ela um minuto.

Pode deixar, mas vou precisar de grana para fazer umas instalações.

Que instalações?

Coisas do trabalho.

Já lhe disse que dinheiro não é problema. Pede ao dr. Gilberto.

O dr. Gilberto era um sujeito gordo, como são esses advogados que ganham muito dinheiro. O escritório dele era na avenida Rio Branco. Demorou meia hora para me atender. Eu disse a quantia e ele me deu um cheque, sem discutir. Assinei o recibo e fui embora. Comprei o material no Serginho, que fazia contrabando de tralha eletrônica. Era bagulho de alta tecnologia, tudo coube na bolsa que eu carregava a tiracolo.

Abrir a porta do 1618 foi uma sopa. Examinei cuidadosamente a sala, o quarto e o banheiro. Na sala havia um equipamento de som, uma geladeira pequena, um sofá e duas poltronas. Dentro da geladeira, várias garrafas de água mineral gasosa. No quarto, uma cama, uma mesinha de cabeceira. Na parede estava dependurada a pintura de uma mulher pelada em cima de uma concha. Os lençóis da cama eram de linho e estavam limpos, como se não tivessem sido usados. Uma faxineira devia limpar o lugar, o banheiro tinha cheiro de produtos de limpeza, eu devia ter sacado isso, uma falha burra. Liguei o equipamento de som, vi como funcionava, depois desliguei, abri a caixa do amplificador e tirei um transístor. Aquela merda podia me causar problemas, namorados gostam de ouvir música juntos, isso atrapalharia a minha gravação. Depois coloquei dentro da caixa de som o pequeno gravador. Segundo Serginho, qualquer som ambiente, por menor que fosse, ativaria o bicho. Testei o gravador. Uma maravilha, esses caras inventam coisas do arco da velha.

Meu corpo continuava doendo, a vitamina C não estava adiantando muito.

No dia seguinte dei plantão no andar do prédio onde os dois pombinhos se encontravam. Se a faxineira viesse eu ia ter que entrar logo depois de ela sair e checar se a fita não tinha sido desperdiçada com barulhos que ela faria limpando as coisas, a capacidade do aparelho era de quatro horas, conforme o Serginho, mas a faxineira podia ser preguiçosa.

Mas quem chegou foi o cara. Dei o fora antes de M. aparecer. Fui procurar um lugar para tomar um suco de caju, dizem que caju tem muita vitamina C. Depois fiquei em frente ao prédio esperando eles saírem. Ficaram lá umas três horas. Saíram juntos. Foi nesse dia que ela chorou e assoou o nariz na gravata dele. Eles se separaram, seguindo em direções diferentes.

Voltei ao prédio, entrei no 1618, abri a caixa de som, tirei o gravador e fui para casa ouvir a fita.

Não vou contar tudo o que ouvi, as palavras e gemidos das pessoas que fazem amor não são novidade e ninguém deve meter o bedelho nisso. Eles estavam se vestindo, os sons sugeriam isso, quando M. disse:

Eu não vou mais te ver, estou me sentindo culpada, não durmo, não posso viver assim, essa vida dupla.

Isso também não é novidade, toda mulher casada que tem um caso cedo ou tarde acaba dizendo essa frase.

Vamos viver juntos, a voz do homem.

Ele precisa de mim, voz de M.

Eu também preciso de você.

Você é um homem saudável, ele tem aquele problema. É melhor não nos vermos mais.

Os dois amantes conversaram muito, mas não vou contar mais nada.

Liguei para o celular do cliente.

Ela não se encontra com homem nenhum, eu disse, acho que podemos encerrar a investigação.

Mais quinze dias, disse o cliente.

Tudo bem, respondi.

Nesses quinze dias fiquei em casa descansando e me curei da virose.

Voltei a ligar para o cliente.

O senhor não precisa de mim, dona M. não se encontra com nenhum homem.

Podemos encerrar? O senhor me garante que podemos encerrar?

Garanto.

Tive a impressão de ter ouvido um suspiro abafado.

Pega o resto do pagamento com o dr. Gilberto. Não me telefone mais.

Desliguei o telefone e fiquei pensando em M., na foto que não fizera dela, assoando o nariz na gravata do namorado, chorando porque estavam dizendo adeus e porque, além de belos dentes, M. tinha também um bom coração.

BEIJINHOS NO ROSTO

A sua bexiga terá que ser removida inteiramente, disse Roberto. E nesses casos prepara-se um lugar para a urina ser armazenada, antes de ser excretada. Uma parte do seu intestino será convertida num pequeno saco, ligado aos ureteres. A urina desse receptáculo será direcionada para uma bolsa colocada em uma abertura na sua parede abdominal. Estou descrevendo esse procedimento em linguagem leiga para que você possa entender. Essa bolsa será oculta pelas suas roupas e terá que ser esvaziada periodicamente. Fui claro?

Foi, respondi acendendo um cigarro.

Gostaria de marcar a cirurgia para logo depois desses exames que estou pedindo. Já lhe falei da relação entre o câncer da bexiga e o fumo?

Não me lembro.

Três em cada cinco casos de câncer na bexiga são ligados ao fumo. Esse vínculo entre o fumo e o câncer da bexiga é especialmente forte entre os homens.

Prometo que vou deixar de fumar.

Este ano, no mundo, ocorrerão cerca de trezentos mil novos casos de câncer de bexiga.

É mesmo?

É o quarto tipo de câncer mais comum e a sétima causa de morte por câncer.

Tive vontade de mandar o Roberto parar de me chatear, mas ele, além de meu médico, era meu amigo.

O câncer de bexiga, ele continuou, pode ocorrer em qualquer idade, mas usualmente atinge pessoas com mais de cinquenta anos. Você faz cinquenta anos no mês que vem. É um mês mais velho do que eu.

Estou atrasado para um compromisso, tenho que ir, Roberto.

Não se esqueça de fazer os exames.

Saí correndo. Eu não tinha encontro algum. Queria fumar outro cigarro em paz. E também precisava encontrar alguém que me arranjasse um revólver. Lembrei-me do meu irmão.

Telefonei para ele.

Você ainda tem aquela arma?

Tenho. Por quê?

Quer vender?

Não.

Você não tem medo de que um dos teus filhos ache o revólver e dê um tiro na cabeça do outro? Uma coisa assim aconteceu outro dia. Deu no jornal.

Meu revólver está trancado numa gaveta.

O desse infeliz, segundo dizia o jornal, também.

Eu não li nada sobre isso.

Você sempre diz que só lê a manchete do jornal. Isso não dá manchete, acontece todo dia.

E como é que foi?

O menino estava brincando de mocinho e bandido com o irmão e a desgraça aconteceu. Qualquer dia vou ler no jornal que um sobrinho meu matou o outro numa brincadeira.

Deixa de ser agourento.

Vou passar aí hoje à noite.

Chegando na casa do meu irmão ele me disse, olha aqui esta gaveta, você acha que dois pirralhos podem arrombar essa fechadura?

Podem.

Como?

Quer ver eu arrombar essa merda?

Você é um adulto.

Onde é que está a Helena?

Está no quarto.

Chama ela aqui.

Contei para a mulher dele a tal notícia do jornal, que eu inventara.

Vivo pedindo ao Carlos para se livrar dessa porcaria, mas ele não me ouve, disse Helena.

Eu vim aqui para comprar o revólver, mas esse idiota não quer vender.

O que você vai fazer com o revólver?, perguntou Carlos.

Nada. Possuí-lo, apenas. Eu sempre quis ter um revólver.

Helena e o meu irmão discutiram algum tempo. Ela venceu o debate ao dizer que um dos meninos podia pegar o chaveiro quando meu irmão estivesse dormindo, ou quando ele esquecesse o chaveiro num lugar onde os moleques pudessem achar, ou em outra ocasião qualquer. Afinal, Carlos abriu a gaveta e tirou o revólver.

E você, para piorar as coisas, mantém esse troço carregado, eu disse, depois de examinar a arma.

Maluco irresponsável, disse Helena, furiosa, você sempre me disse que o revólver não tinha balas. Olha, deixa o seu irmão levar essa porcaria com ele, agora. Do contrário eu saio de casa e levo as crianças.

Peguei o revólver e fui para o meu apartamento. Telefonei para a minha namorada. Senti vontade de ir ao banheiro mas sabia que ia ver sinais de sangue na urina, o que sempre me dava calafrios. Isso podia atrapalhar o meu encontro. Urinei de olhos fechados e também de olhos fechados acionei a válvula de descarga várias vezes.

Enquanto esperava minha namorada, fiquei pensando no futuro, fumando e tomando uísque. Eu não ia ficar a vida inteira enchendo com xixi uma bolsa colada no corpo, que depois tinha que ser esvaziada, sei lá de que maneira. Como eu poderia ir à praia? Como poderia fazer amor com uma mulher? Imaginei o horror que ela sentiria ao ver aquela coisa.

Minha namorada chegou e fomos para a cama.

Você está preocupado com alguma coisa, ela disse, depois de algum tempo.

Não estou me sentindo bem.

Não se preocupe, querido, podemos ficar apenas conversando, adoro conversar com você.

Essa é uma das piores frases que um homem pode ouvir quando está nu com uma mulher nua na cama.

Levantamos e nos vestimos sem olhar um para o outro. Fomos para a sala. Conversamos um pouco. Minha namorada olhou para o relógio, disse tenho que ir, querido, me deu uns beijinhos no rosto, foi embora e eu dei um tiro no peito.

Mas esta história não termina aqui. Eu devia ter atirado na cabeça, mas foi no peito e não morri.

Durante a convalescença, Roberto me visitou várias vezes para dizer que tínhamos pouco tempo, mas ainda podíamos fazer a cirurgia da bexiga, com êxito.

Isso foi feito. Agora eu esvazio com facilidade a bolsa de urina. Ela fica bem escondida sob a roupa, ninguém percebe que está ali, sobre o meu abdome. O câncer parece que foi extirpado. Não tenho mais namorada e estou viciado em palavras cruzadas. Deixei de ir à praia. Fui uma vez, para jogar o revólver no mar.

AROMA CACTÁCEO

Era a primeira vez, com uma mulher. O nome dela era Cerise. Podia ser nome de guerra.

Você sabe usar essa coisa?, perguntei.

Não te deram o meu retrospecto?

Nem me disseram que era uma mulher. Um dos nossos, de nome Cerise, vai te procurar. Foi o recado que recebi. Sabe ou não sabe usar?

Quer que eu desmonte esse troço?

Perguntei se saberá usar quando for preciso usar.

Se for preciso eu uso, se não for preciso não uso.

Você joga nos cavalos? Retrospecto é termo de turfista.

Parei.

Fala do sujeito.

Você não conhece ele?

Se conhecesse não estava pedindo informações a você.

Ele é grande, mas passa despercebido, branco, mas não muito, fala baixo, roupa cinzenta, tem cara de bobo, nenhum volume nos bolsos além da carteira, barba feita, cabelo curto, sapato marrom, camisa apertada, nunca o vi de blusão nem de paletó.

Pode estar no tornozelo. Preciso ver o cara.

Hoje é dia dele jogar boliche.

Fui com Cerise, no meu carro, ver o sujeito jogar boliche. Ficamos numa pista próxima daquela em que ele jogava, sozinho. Era mesmo grande, movia-se com a elegância tranquila de um cavalo pastando, sem olhar para os lados, parecia interessado apenas na bola de plástico e nas garrafas de madeira lá no fundo da pista.

Vamos embora, já vi o sujeito.

Ele também já viu a gente. Não podemos sair agora. Vamos jogar pelo menos uma partida.

O cara pegava a bola e a girava quase na altura do rosto, procurando os buracos onde enfiava os dedos. Os outros jogadores não faziam isso. Era um truque para ver quem estava em torno. Tinha que ser uma puta velha como eu para sacar o macete.

Você sabe jogar essa coisa?

Sei.

Eu não. É melhor você jogar sozinha, se o negócio é não chamar a atenção.

Se você não jogar é que vai chamar a atenção. Como é que os outros te chamam?

Que outros? Minha mãe me chama de José.

José? Ela pronuncia o nome por inteiro? José?

Por inteiro. A minha avó também.

Vou deixar o José para ela, só mãe mesmo chama alguém assim. Vou te chamar de Zé. Anda um pouco até ali adiante. Anda, anda.

Dei alguns passos e ouvi Cerise chamando: Zé, não foge não, você disse que queria aprender.

Não dou para isso. Não sei jogar nem pingue-pongue, não vou acertar sequer uma garrafa, gritei, voltando para perto dela.

O cara pegou a bola e ficou olhando os buracos.

Cerise, de costas para o sujeito, disse num tom de voz casual: Fala mais baixo, está falso, deixa de ser canastrão, boliche é muito fácil. Pode chamar as garrafas de pinos.

Da distância em que estava o sujeito só entenderia algumas palavras, boliche, garrafas, pinos. Puta velha era ela.

O sujeito jogou a bola e derrubou todas as garrafas.

Vou te mostrar, disse Cerise.

Correu até a linha que demarcava a pista e atirou a bola, que rolou suavemente e derrubou uma porção de garrafas. Pinos, vá lá.

Entendeu o objetivo do jogo?

Passei a seguir as instruções de Cerise, mas minhas bolas, quase sempre, corriam pelo canalete lateral da pista.

Meia hora depois, ela disse que podíamos ir embora.

Entramos no carro.

Quer comer alguma coisa?, perguntei.

Ela ficou calada alguns segundos e depois disse: A calça dele tem a boca um pouco larga. Bobeei, você estava certo, ele carrega a ferramenta no tornozelo.

Vai dar trabalho.

Eu sei.

Depois de um curto silêncio, eu disse: Se estivéssemos num filme eu agora te levava para a minha casa e...

Não estamos num filme, ela me interrompeu.

Deixei Cerise na porta do apartamento dela. Cheguei em casa frustrado, peguei o telefone e abri o caderninho para ver os nomes das namoradas na geladeira para as ocasiões de escassez ou monotonia. Dei sorte logo na primeira, Lalá.

Quer que eu vá ao teu apartamento ou você vem aqui?, ela perguntou.

Se você puder vir eu beijo os teus pés agradecido.

Vou poder dormir aí?

Não dá.

Enquanto esperava Lalá, me lembrei da história de um sujeito que amava as mulheres, mas odiava dormir com elas. As razões dele não eram explicadas, ou então eu esqueci, pois li essa história há muito tempo, mas eu sei as minhas.

Vamos tomar um banho, eu disse para Lalá, assim que ela chegou. Antes de ir para a cama com uma mulher, eu sempre tomo um banho com ela. E tomo outro depois. Não gosto de cheiro de suor, os odores ruins me fazem broxar, ou quase.

Tomamos banho e depois borrifei todo o corpo dela com perfume francês.

Agora beija os meus pés, Lalá disse.

Lalá gostava que eu beijasse os seus pés e depois batesse nela, quando eu estava por cima. Nem uma coisa nem outra me davam algum frisson, mas a gente tem que fazer o que as mulheres gostam. Bati nela pensando na Cerise.

Depois Lalá disse que estava com fome.

Fica deitada aí que eu vou fazer uma massa para você.

Fiz um pene, botei a mesa, abri uma garrafa de vinho, dei uma camisa minha para ela e vesti outra, pois comer nu não tem graça, a gente fica nu pra foder, pra comer tem que vestir alguma roupa.

Me deixa dormir aqui, já é muito tarde.

Deixei. A gente acaba sempre fazendo o que as mulheres querem. Dormi pouco e pude sentir o cheiro da exalação do pulmão de Lalá, uma mistura de gás carbônico com vapor de dejetos recolhidos pelo sangue. Ainda estava escuro quando levantei da cama com cuidado, para não acordar a garota.

Tirei a mesa do jantar e fiquei sentado na sala, lendo. O telefone, que fica na mesinha de cabeceira, tocou na hora em que eu estava no banheiro. Lalá bateu na porta.

Uma tal de Cerise quer falar com você.

Atendi.

Recebi instruções, precisamos conversar.

Quem recebe as instruções é você? Por que aquele puto não ligou para mim?

Pergunte a ele. Daqui a duas horas ali por perto do Pirocão, vou estar no meu carro esperando você, disse Cerise, desligando.

Essa Cerise é a titular?

No meu time não tem titular, só reserva.

Engraçadinho.

Volta pra cama que eu vou fazer o café.

Servi café com leite, torrada, biscoitos, queijo, mel, iogurte, mamão e tangerina. Desjejum de hotel da serra.

Se eu fosse a titular você ia fazer isso tudo para mim, sempre?

Não sei lavar nem passar roupa.

Basta me foder sempre desse jeito.

Lalá, vou ter que sair daqui a pouco.

Dá tempo da gente brincar mais um pouco?

Acabou demorando mais do que pensávamos. Lalá se despediu dizendo: não fica tanto tempo sem ligar pra mim, está bem?

Respondi que sim, mas Lalá ia voltar para a geladeira por algum tempo.

Cheguei atrasado ao encontro com Cerise, no Bar 20. Entrei no carro dela.

No nosso negócio, pontualidade é importante.

Tive um problema inesperado.

Vi o tipo de problema, quando liguei para você: aqui é Lalá, quem quer falar com ele?, disse Cerise, arremedando a voz de uma mulher debiloide.

O que aquele puto quer que a gente faça?

Que a gente fique na encolha.

Na encolha? Cancelou?

Não. Temos que esperar novas instruções.

Por que aquele puto está tendo os contatos com você e não comigo?

Pergunte a ele.

Não sei como entrar em contato com ele.

Nem eu.

É a primeira vez que trabalho com uma mulher.

E está chateado porque ela é que dá as ordens?

Mais ou menos. E agora?

Vamos esperar.

Quer tomar um cafezinho? Aqui perto tem um muito bom.

Fomos tomar o café.

Você é daqui do Rio? perguntei.

Mais ou menos. E você? É daqui do Rio?

Mais ou menos.

Me disseram que você era português.

Pai e mãe.

Obrigada pelo cafezinho.

Quer ir ao cinema hoje à tarde?

Obrigada, não.

Então...

Tchau.

Não tenho o seu telefone, eu disse.

Eu tenho o seu.

Fiquei olhando o corpo dela, enquanto Cerise se afastava. Devia malhar dia sim, dia não. Dia sim, dia sim, aquela bunda estava muito rija e modulada.

Durante quinze dias Cerise não ligou. Estou acostumado a ficar sem fazer nada entre um trabalho e outro, esperando o telefone tocar, mas agora eu estava nervoso, achando que tinham me chutado para córner. Deitado com Biba na cama, que dormia com a cabeça sobre o meu peito, eu sentia o cheiro do ar do seu pulmão, exalado pelo nariz. Esse odor nunca é igual, ainda que nas mulheres muito magras ele seja parecido. As mulheres têm entranhas diferentes das nossas, emitem um aroma herbáceo, travesti não me engana, nem operado.

Anoitecia.

Biba, está na hora de você ir embora.

Preciso me espreguiçar. Você se espreguiça quando acorda?

Não.

É por isso que tem essas dores na coluna. Deixa eu te fazer uma massagem.

Você não sabe fazer massagem.

Você é assim com todas?

Que todas?

Meu nome é Biba, não é boba.

Vou fazer um cafezinho para você.

Tomamos o café. Biba foi embora e eu pus para tocar um CD de cantos gregorianos. Não entendia o latim daqueles putos, mas deviam estar cantando, está na hora, você vai morrer, contrição, compunção, o céu é bom, aleluia.

Mais uma semana aspirando o ar expirado pelos pulmões das minhas namoradas que eu tirava da geladeira, conformado. Então o telefone tocou.

Sou eu.

Você sabe dançar?

Cerise ficou calada alguns segundos.

Sei.

Vamos dançar?

Isso não tem pé nem cabeça.

Pé tem que ter.

Preciso conversar com você, trabalho.

Não estou com vontade de receber instruções. Só se for dançando. Se não for dançando, nada feito.

Me pega às nove horas em frente ao meu apartamento.

Troquei o meu tênis por um sapato.

Cerise saiu da portaria de vidros fumê e entrou no meu carro. Ela era cuidadosa.

Me disseram também que você era meio pirado. Não sei dançar tango.

A gente não dança, se tocarem tango.

Tocavam um samba-canção quando entramos na gafieira. Segurei a mão de Cerise e levei-a para o meio do salão. Começamos a dançar.

Posso transmitir as instruções que me deram?

Primeiro vamos ficar calados uns minutos.

Éramos da mesma altura, ela era um pouco mais baixa, mas o salto do seu sapato colocava o nariz dela na mesma linha do meu. Pude sentir o aroma cactáceo dos pulmões de Cerise, a mais sutil e rara de todas as fragrâncias que as entranhas de uma mulher podem emanar.

Você quer ser minha namorada?

Meu avô cantava uma música assim: amei Lalá, mas foi Lelé que me deixou jururu, Lili foi má, agora eu só quero Lulu.

Lulu não. Cerise.

Vou pedir para substituírem você.

Não estou mais interessado nesse tipo de trabalho.

Grudei o meu corpo no dela. Ela notou que eu estava excitado, mas não se afastou.

Estava brincando, quando falei da substituição.

Não me incomodo. Vou sair de qualquer maneira.

Você vai abandonar tudo?

Vou.

Você é o melhor de todos.

Está decidido.

Posso dizer isso para o — aquele puto, como diz você?

Pode.

Você vai fazer o quê?

Vou me dedicar a você. Sou também o melhor de todos nisso.

Apertei ainda mais o corpo de Cerise contra o meu.

Acho que vou pagar para ver, ela disse.

Algum tempo depois fomos morar juntos.

Cerise continuou no trabalho, eu não perguntava o que ela andava fazendo. Mas não demorou muito para Cerise pular fora também. Ela queria ter filhos e naquele negócio não dava para ser mãe de família.

Arranjamos empregos normais. Depois ela engordou. Eu também engordei. Às vezes eu achava que a nossa existência era entediante. Cerise não reclamava, mas eu sabia que ela sentia a mesma coisa. Mas a vida muito tranquila é assim mesmo, uma chatice.

MULHERES E HOMENS APAIXONADOS

Loreta era separada do marido, uma separação traumática que a fizera jurar que nunca mais gostaria de homem algum, pois eram todos estúpidos, traiçoeiros e egoístas. Não saía de casa, a não ser para levar a filha às festas infantis, frequentadas por poucos homens, sujeitos bonachões e entediados que pacientemente bebiam cerveja nas mesas enquanto as esposas tomavam conta dos filhos. Mas ela sabia que quando voltassem para casa com suas mulheres agiriam com a mesma brutalidade e falta de consideração do seu marido. As esposas, para eles, não passavam de empregadas domésticas sem direitos trabalhistas.

Luís frequentava as mesmas festas que Loreta. Quando a mulher dele morreu, Luís não fez nenhum juramento, mas deixou de se interessar por outras mulheres e dedicou-se a cuidar da filha de oito anos, por quem fazia todos os sacrifícios, entre eles o de levá-la às festinhas infantis, que ocorriam todos os sábados, da turma do colégio, das vizinhas, das amigas das vizinhas, das amigas das amigas do colégio — havia sábados em que a filha era convidada para mais de uma festa.

O juramento de Loreta já durava um ano, quando um dia notou a presença de Luís numa dessas comemorações infantis. E, contra a própria vontade, sentiu-se atraída por ele. Mas Luís nem ao menos notava a presença de Loreta, embora se encontrassem frequentemente. As filhas eram da mesma idade e cursavam a mesma escola.

Loreta percebia, não obstante o desvelo que demonstrava pela filha, que Luís não gostava das festas infantis, o que era compreensível, pareciam infindáveis em suas seis horas de duração média, os alto-falantes tocavam somente músicas barulhentas, os animadores eram pessoas incansáveis que inventavam brincadeiras e sopravam apitos estridentes, as luzes muito brilhantes, as crianças gritavam, as mães falavam muito alto, era normal que Luís ficasse sem ânimo para levantar da cadeira, onde se quedava paciente e ensimesmado, logo ao chegar.

Apesar de Loreta fazer tudo para chamar a atenção de Luís — as mães também entravam nas brincadeiras, muitas até com mais entusiasmo do que as crianças —, ele não tomava conhecimento da existência dela. Certa ocasião, fingindo que dançava e cantava uma música com o refrão bum-tchibum-tchibum-bumbum, ou coisa parecida, Loreta jogou-se em cima de Luís, que ouviu as desculpas de Loreta sem nem sequer olhar para ela.

A atração de Loreta por aquele homem calado e distante aumentava semanalmente. Arranjava maneiras de sentar em mesas próximas à dele, pelo menos nisso a sorte sempre a favorecia. Mas apesar de estar ali perto, Luís não notava que ela existia. Um dia, Loreta derramou Coca-Cola sobre ele e começou a limpá-lo com o lenço que tirou da bolsa, e Luís apenas disse, pode deixar, não se preocupe, mal olhando para ela. Loreta fez outras tentativas, tropeçou na cadeira em que Luís estava sentado, perguntou-lhe quem é que canta essa música, está calor, não?, e outras indagações bobas, mas ele continuou alheio, absorto em seus pensamentos, apenas esboçando um sorriso melancólico.

Loreta, depois de um longo tempo, concluiu que todos os seus esforços eram em vão; e ela, que gostava tanto de dançar, passou a ficar sentada, chateada, comendo compulsivamente os docinhos e salgadinhos servidos nas festinhas. Uma amiga perguntou, o que está havendo com você? Não era uma das melhores amigas de Loreta, era apenas uma conhecida, as filhas estudavam no mesmo colégio, mas aquela pergunta caiu do céu, Loreta precisava aliviar o peso do seu coração.

Estou apaixonada.

Que coisa boa, até que enfim, disse a amiga, que se chamava Paula.

Mas ele não está interessado em mim.

Isso é duro, querida, é a pior coisa do mundo. Eu sei por experiência própria. Lembra aquele rapaz que estava comigo na festa do sábado passado?

Loreta não lembrava, ela não via nenhum outro homem à sua frente a não ser Luís.

O nome dele é Fred, ele também não gosta de festa de criança, nenhum homem gosta, homem gosta de futebol e televisão, lembra do meu ex? Nunca foi a uma festa da própria filha. Mas Fred já me acompanhou várias vezes, e a filha nem é dele. Quando o conheci, ele não dava bola para mim, mas eu disse, esse é o homem da minha vida, pode ser mais moço, tem dez anos menos, mas vai ser meu. E consegui. Quer saber como?

Se você quiser contar.

Você não vai acreditar.

Vou.

Uma santa salvou a minha vida. Você vai achar que é uma feiticeira, mas é uma santa. Fui consultá-la e ela não jogou búzios, nem olhou nenhuma bola de cristal, nem cartas, nem nada. Você sabe que eu adoro essas madames que leem mão e fazem previsões, tem uma na rua da padaria, a madame Zuleyma, já fui lá, mas não valeu a pena. Mas essa, a mãe Izaltina, não se chama de madame-isso-ou-aquilo, é só mãe Izaltina, e ela, depois de ouvir o que eu tinha a dizer sobre o homem por quem estava apaixonada, puxou a pálpebra inferior do meu olho para baixo, como os médicos fazem para ver se a gente está anêmica, perguntou novamente como era o nome do Fred e me pediu que trouxesse um pouco da cera do ouvido dele. Se eu conseguisse isso, ela me assegurou, o homem ficaria ainda mais apaixonado por mim do que eu por ele.

Cera do ouvido? Que coisa mais maluca. Como é que você conseguiu a cera do ouvido?

Esse foi o problema. Fiquei atarantada, sem saber o que fazer. Um dia, eu o vi num bar, tomando chope. Sentei numa mesa ao lado, indecisa. Estava me achando ridícula, me sentindo coroa e gordinha e resolvi pagar a minha conta e ir embora. Quando abri a bolsa, vi no compartimento interno uma caixa de cotonetes. Nunca andei com caixa de cotonetes na bolsa, não sei como ela apareceu ali. Era uma coincidência muito estranha. Tirei um cotonete, me sentei na mesa dele e perguntei, posso tirar um pouco de cera do seu ouvido?

Que coisa horrível, você fez isso?

Eu estava desesperada.

O que foi que ele disse?

Ele olhou para mim, surpreso, mas logo riu, e respondeu, virando a orelha para mim, sirva-se, meu nome é Fred. Mas ele tem um dragão tatuado num braço e no outro um coração onde está escrito amor de mãe, esses caras com tatuagem de dragão e de amor de mãe são imprevisíveis, eu soube depois. Tirei a cera do ouvido dele com o cotonete, com muito cuidado para não machucá-lo, agradeci e fui embora correndo. Dei o cotonete para a santa. Ela mandou que eu esperasse uma semana. Depois de uma semana, escorei Fred na rua fingindo um encontro casual. Ele me segurou pelo braço com força e disse, vamos tomar um chope. Nesse mesmo dia fizemos amor e a paixão dele é cada vez mais forte. Alucinante.

Cera de ouvido?

Quer o endereço dela? É na rua do Riachuelo, no centro da cidade.

Paula deu o endereço para Loreta, advertindo que a santa falava de um jeito esquisito.

Na segunda-feira Loreta foi ao endereço da rua do Riachuelo. Nunca havia ido para aqueles lados da cidade, só conhecia a Barra da Tijuca, onde morava, e um pouco do Leblon e de Ipanema. Achou as ruas feias, as pessoas malvestidas, ficou um pouco assustada, mas mesmo assim curiosa. Depois de algum tempo, descobriu algum encanto naqueles sobrados velhos ostentando, nas fachadas, datas e figuras em alto-relevo.

Subiu as escadas de madeira do sobrado da mulher a quem Paula chamava de santa. Bateu na porta e foi recebida por uma figura que não lhe pareceu exatamente uma mulher, que não era gorda nem magra, ou melhor, tinha o rosto muito magro e o corpo volumoso, ou talvez apenas o seu peito fosse grande, pois os braços eram finos e normalmente quem tem braço fino tem perna fina. Seus olhos eram fundos, rodeados por olheiras roxas, as faces encovadas.

Mãe Izaltina?

Entra, misifia, disse a mulher. Loreta já tinha sido advertida por Paula que a mulher falava esquisito.

Era uma sala cheia de móveis velhos, poltronas com estofos esfarrapados, cortinas escuras e pesadas nas janelas, uma gaiola com um passarinho, uma televisão antiga.

Senta, misifia, disse mãe Izaltina, seu coração está batendo muito forte.

Loreta sentou-se. Sentiu que o seu coração estava mesmo sobressaltado.

Foi a Paula quem me falou da senhora.

Unhum, resmungou a velha, como é o nome da misifia?

O quê?

Seu nome, misifia.

Loreta.

Unhum. E o do homem?

Luís.

Unhum.

O rosto de mãe Izaltina deixou Loreta nervosa. Desviou seu olhar para a gaiola com o passarinho.

Não é passarinho de verdade, misifia, mas ele canta, quer ver?

Mãe Izaltina levantou-se, acionou um mecanismo ao lado da gaiola e imediatamente o passarinho começou a cantar. Depois, enquanto o passarinho cantava, mãe Izaltina aproximou-se e colocou as duas mãos abertas sobre a cabeça de Loreta, que apesar de assustada ficou imóvel.

Me deixa ver, me deixa ver, disse mãe Izaltina apertando as mãos, desarrumando os cabelos de Loreta, unhum.

Depois de resmungar mais um pouco, mãe Izaltina passou a mão no rosto, no pescoço, nos braços, nas pernas e no peito de Loreta, que pensou que desmaiaria.

A pele, misifia, ganha do cabelo, a pele ganha do olho, a pele ganha dos dentes, a pele ganha de todas as coisas que brilham ou que não brilham, que aparecem ou que se escondem no corpo. Existe dente postiço, cabelo postiço, olho postiço, tudo isso você compra na loja, menos a pele.

Essas palavras Loreta entendeu, mas mãe Izaltina aos poucos começou a falar com a língua enrolada coisas incompreensíveis, com exceção do misifia, repetido várias vezes, que Loreta também não sabia o que significava.

É isso aí, misifia, disse mãe Izaltina encerrando sua falação.

Desculpe, mãe Izaltina, isso o quê, não entendi direito.

Misifia, você tem que fazer xixi na perna do homem, em cima do joelho.

Não entendi, repetiu Loreta, confusa.

Você tem que fazer xixi na perna do homem, em cima do joelho.

Por um longo momento Loreta ficou calada, sem saber o que dizer, fingindo que olhava para a gaiola do passarinho.

Não dá para ser cera de ouvido?, perguntou, afinal.

Misifia, cera de ouvido é para outro tipo de homem. O seu é diferente. Senti o homem quando passei a mão na sua cabeça e no seu peito, que são os lugares onde ele se alojou.

E agora?

O que é, é. Agora, misifia quer ir embora, seu corpo está envolto em fumaça, estou vendo, é uma fumaça cor de carambola, é assim mesmo. Quer tomar um copo de água?

Quanto é que eu lhe devo?, perguntou Loreta, abrindo a bolsa.

A gente depois conversa, misifia, quando tudo der certo.

Loreta desceu as escadas, saiu e andou pelas ruas como uma sonâmbula. Afinal encontrou um táxi.

Sou uma idiota, pensou, quando viu o mar da janela do táxi.

Chegando em casa, procurou o telefone de Paula, mas não o tinha anotado. Ligou para o colégio das meninas, onde conseguiu o número.

Paula, aquela velha é maluca. Teu caso deve ter sido uma coincidência.

Não é maluca não, é uma santa. Tem outros casos. Conhece a Lucinha? Ela também queria enlouquecer um homem e procurou a santa. Hoje o cara vive nos pés da Lucinha, de joelhos.

A Lucinha é casada!

O que tem isso? Vai dizer que quando era casada você não pulou a cerca, pelo menos uma vez?

Nunca.

Pra cima de mim? Eu pulei, e não foi uma vez só. Olha, essa história da Lucinha fica entre nós, se o marido dela sabe do caso mata os dois, dizem que já matou um, quando moravam em Mato Grosso. Não fala com ninguém, promete.

Vou falar para quem?

Sei lá. Eu não falei para você?

Já disse para não se preocupar. Quer que eu jure?

Calma. O que foi que a santa mandou você fazer? Cera de ouvido? Com a Lucinha foi uma meleca, você acredita? Um pedacinho de meleca. Imagina o que a Lucinha sofreu, para arranjar um pedacinho de meleca do nariz do homem. Eu tive sorte com a cera de ouvido.

Apesar de o xixi ser menos ridículo e até menos nojento do que a meleca, Loreta não teve coragem de dizer para Paula que a santa tinha mandado ela urinar no joelho de Luís, como forma de encantamento. E além de tudo, Paula era uma boquirrota, ia depois contar para todo mundo. Loreta já estava arrependida de ter usado Paula como confidente.

Não, ela não me mandou fazer nada. Disse que vai pensar e depois me diz.

Vai pensar? A santa resolveu o meu problema em cinco minutos. O seu deve ser complicado. Você é uma mulher complicada, não sei se ele também é, mas você é uma mulher complicada. Deve ser isso.

Ela não cobrou nada.

A santa só cobra depois que tudo dá certo. Mas aí mete a mão. Não sei o que faz do dinheiro, a casa dela está caindo aos pedaços.

A entrevista de Loreta e mãe Izaltina aconteceu numa segunda-feira. No sábado haveria um aniversário de criança no salão de festas de um dos prédios do condomínio, e certamente Luís compareceria com a sua filha.

Meu Deus, disse Loreta, na manhã de sábado, se olhando no espelho, duas noites sem dormir, olha como o meu rosto está horrível, mais um pouco eu ia ficar com a cara daquela bruxa. Aquela bruxa era mãe Izaltina, a santa de Paula, que lhe dera uma tarefa impossível de ser cumprida. Como é que poderia fazer xixi na perna de Luís? Tirar a cera do ouvido é uma coisa, mas como chegar perto de um homem, qualquer homem, por mais tatuado que ele fosse, e perguntar, posso fazer xixi no seu joelho?

Na tarde daquele sábado, Loreta chegou arrasada na festinha infantil. Colocara toda a maquiagem possível de ser usada num fim de tarde sem ficar parecendo uma das muitas peruas que estariam presentes e usava o seu vestido mais provocante, um que mostrava o contorno das suas cadeiras e do seu bumbum, que milagrosamente permanecera pequeno e firme. Mas Luís não olhou para ela, nem sequer uma vez. Como fazer aquela coisa horrível que mãe Izaltina tinha mandado? Impossível. Loreta teve vontade de morrer e ficou a festa inteira se enchendo de docinhos, salgadinhos e refrigerantes.

Quando a mulher de Luís morreu, ele deixou de se interessar pelas outras mulheres, até conhecer Loreta numa festa infantil. Ele odiava festas infantis, as músicas, os enfeites dos salões, os animadores, as crianças, as mães das crianças, os salgadinhos e docinhos, tudo. Mas a sua filha sempre fazia uma choradeira danada e ele dizia, está bem, vou te levar mais uma vez, mas é a última, não vou mais ceder à sua chantagem, pode chorar até derreter que não adianta.

Claro que acabava cedendo, e levava a filha para as festinhas, sentava numa mesa praguejando com os seus botões, cambada de filhos da puta, e isso englobava mães, animadores, garçons, babás e crianças, excluída a filha dele. Até que viu Loreta, e apaixonou-se por ela, algo que julgava impossível de acontecer, depois que sua mulher morreu.

Luís não era um homem dado a leituras, a não ser daqueles livros de pensamentos e máximas, muitas das quais ele conhecia de cor, por conterem verdades eternas. Uma delas era de Miguel de Cervantes, um velho escritor espanhol: a inclinação natural da mulher é desdenhar quem a quer, mas amar quem a despreza. Assim, aquela mulher não poderia saber que ele estava apaixonado por ela. Como conquistá-la? O certo é que não poderia correr o risco de Loreta descobrir o amor que sentia, isso botaria tudo a perder, como o mestre espanhol alertava do alto de sua sabedoria.

Depois de ter encontrado Loreta, o comportamento de Luís mudou. Já na quinta-feira, às vezes até mesmo na quarta, ele perguntava para a filha, vai ter festa no sábado?, quer um vestido novo? Chegando na festa procurava sentar numa mesa próxima da mulher por quem se apaixonara, o que era fácil, pois o destino parecia colocá-los sempre em mesas contíguas. Mantinha-se indiferente, reservado, repetindo mentalmente o aforismo do espanhol, com um ar apático, que ensaiava na frente do espelho, não obstante seu coração batesse desenfreado o tempo todo. Loreta, esse era o nome dela, também parecia não notar a presença dele, uma ocasião pisara no seu pé, em outra derramara um copo de Coca-Cola na roupa dele, era uma mulher de aspecto sonhador, havia alguma coisa de sublime nela, mesmo quando dançava as músicas da moda que eram vulgares. Mas ele notara que, ultimamente, Loreta permanecia sentada, empanturrando-se de doces e salgados. Tinha vontade de lhe dizer para não comer aquelas porcarias, que o corpo dela era muito bonito, que ela ia engordar, ficar bunduda, como a maioria das mães naquelas festinhas, e como dizia Samuel Johnson, quem não presta atenção à sua barriga não presta atenção a mais nada. Ou seja, é preciso saber comer, comer não é uma coisa para se fazer distraidamente, como as pessoas fazem ao comer salgadinhos, docinhos e demais porcarias, comer tem que dar prazer e não apenas fazer a barriga crescer, a bunda crescer, os peitos crescerem, e a mulher que não vê isso não vê mais nada, não vê que a sua vida foi destruída. Mas isso era uma conclusão dele, o Samuel Johnson não chegara a tanto, mas a maneira certa de entender uma máxima era desenvolvê-la conforme o bom senso e a experiência de cada um.

Luís não conversava com ninguém nas festas infantis; planejava o recurso engenhoso que iria utilizar para estabelecer um contato promissor com Loreta. Como dizia o mencionado espanhol, amor e guerra são a mesma coisa, estratagemas e diplomacia são permitidos tanto em um como no outro. Mas qual seria o estratagema?

Um dia, um sujeito cabeludo pediu licença e sentou-se na mesa de Luís.

Você não tem vontade de esganar essas criancinhas todas?, o cabeludo perguntou.

A minha filha está entre elas.

Está bem, tiramos sua filha da lista, eu não sei quem é, mas deve ser uma boa menina. Porém as outras diabinhas nojentas, diga a verdade, não dá vontade de esganar?

Luís entrou no jogo do maluco.

Não seria melhor colocá-las numa jaula?

Elas iam continuar gritando do mesmo jeito.

Isso é verdade. Enjauladas e amordaçadas, que tal?

Já melhorou. Meu nome é Fred.

Luís, muito prazer.

Tenho visto você sempre macambúzio, sentado sozinho numa mesa, sem olhar para as mulheres. Isto aqui é um viveiro, cara, está cheio de mulher dando sopa, não pode marcar bobeira. Qual é o problema? Está apaixonado e a mulher não te dá bola?

Só vejo mulheres que não me interessam, disse Luís. Quer dizer — ele curvou-se e sussurrou para Fred —, esta lourinha aqui do lado até que eu acho interessante.

Fred olhou de soslaio. Sei quem ela é, o nome é Loreta. Companheiro, essa mulher é uma sebosa, fria, frígida como diziam antigamente. Às vezes, até desconfio que é uma espécie de sapatão. Escolhe outra.

Mas eu não quero nada com ela, disse Luís. Só perguntei por perguntar.

Na festa seguinte, Luís se encontrou novamente com Fred. Ele estava na mesma mesa de Loreta com outra mulher. Houve um momento em que as duas se ausentaram e Fred foi falar com Luís.

A mulher por quem você está gamado frequenta esta roda aqui?

Não, ela, ela é de São Paulo.

Tem umas paulistas legais, cara. E a paulista não te dá bola?

É, não me dá bola.

Você viu o mulherão que estava na mesa comigo? Não estou falando da lourinha sapatão.

Ela não parece sapatão.

Mas é no mínimo frígida. Mas a outra, você viu? Você viu? Pitéu de quinhentos talheres, cara. Pois eu estava enrabichado e ela não me dava bola e aí mexi os meus pauzinhos. Depois que usei o macete, na primeira vez em que nos encontramos, ela praticamente me arrastou para a cama. Mas tive que mexer os meus pauzinhos.

Mexer que pauzinhos?

Fui numa mulher, uma feiticeira, que faz as pessoas se apaixonarem. Fui lá, contei o meu drama, nem contei tudo, a feiticeira é uma águia. Fiz o que ela mandou, e sabe o que era?

Não.

A bruxa disse que eu devia fazer a mulher tirar cera do meu ouvido, eu respondi, como é que posso conseguir essa façanha que me parece impossível, e a velha feiticeira respondeu, nada, você não tem que fazer nada. E foi o que eu fiz, nada. Não se esqueça que Paula nem queria saber de mim. Um dia eu estava quieto no bar, ela chegou e tirou cera do meu ouvido com um cotonete e saiu correndo. Quando nos encontramos novamente, fomos direto para a cama. Paula está tresloucada de amor por mim. Quer o endereço da bruxa? Fica na rua do Riachuelo, no centro. O nome dela é mãe Izaltina. Mas vou avisando, ela fala esquisito, muitas coisas a gente nem entende. E apresenta a conta só depois de fazer o milagre.

Luís foi procurar mãe Izaltina, na rua do Riachuelo. Ele conhecia bem aquela vizinhança. Antes de morar na Barra, residira ali perto, no Bairro de Fátima, mas depois foi melhorando de vida e do Bairro de Fátima passou para a Tijuca, da Tijuca para Botafogo, e de Botafogo para a Barra.

Mãe Izaltina abriu a porta.

Entra, misifio. Senta ali.

Ele sentou-se, constrangido, sem poder encarar a bruxa. Era uma mulher magra e cheia de pelancas e seus olhinhos fundos pareciam de um bicho que ele vira na televisão.

Quem foi que falou de mim, misifio?

Um amigo meu chamado Fred.

Unhum. E como é o seu nome, misifio?

Luís.

Unhum. E o da moça?

Loreta.

Unhum, unhum, disse Izaltina, olhando, pensativa, para uma gaiola de passarinho, que parecia doente. Ficou algum tempo calada.

Mostra a língua, disse afinal mãe Izaltina.

A língua?

É. Essa coisa que misifio tem na boca.

Luís pôs timidamente a língua pra fora.

Mais, mais, não deu pra ver tudo, misifio.

Luís abriu a boca e exibiu, o mais que pôde, a língua.

Mais que isso não dá, disse, sem fôlego.

Misifio, o seu problema é sério.

Eu sei, ela nem nota que existo.

Misifio, a mulher vai ter que fazer uma coisa com você.

Não entendi.

Ela vai ter que fazer uma coisa com você.

Uma coisa comigo?

Xixi na sua perna, em cima do joelho.

O quê?

Misifio ouviu muito bem o que eu disse.

Fazer xixi na minha perna?

Bota a língua pra fora de novo, misifio.

A bruxa encostou os dedos na língua de Luís, rapidamente, um após o outro, como se estivesse tocando piano ou sujando os dedos de tinta para tirar impressões digitais. Ele sentiu vontade de vomitar.

Tá confirmado, misifio, a moça tem que fazer xixi no seu joelho.

Que absurdo, como é que eu vou conseguir uma loucura dessas?

Pede, vai lá, fala com ela e pede, misifio.

É uma mulher fina, recatada e idônea, não posso pedir uma coisa dessas a ela.

O que é, é, disse mãe Izaltina.

Luís queria sair dali o mais rápido possível. Tirou a carteira do bolso.

Depois a gente conversa, misifio, disse mãe Izaltina, afastando, com um gesto, a carteira.

Na rua, Luís entrou no primeiro bar que encontrou. O sujeito tinha que ser um idiota supersticioso para acreditar nas baboseiras daquela velha demente. Ele se orgulhava de ser um cético, e superstição, como dizia um filósofo cujo nome não lhe vinha à mente, superstição é a religião dos débeis mentais. Ele se comportara como um bestalhão imbecil, indo consultar aquela vigarista. Safada e louca varrida! Mandá-lo chegar perto de uma mulher fina, decente, e pedir, a senhora podia fazer o favor de urinar no meu joelho?

No ano seguinte, Luís mudou a filha de colégio e deixou de ir às festinhas infantis, não queria correr o risco de encontrar Loreta, precisava esquecê-la. Mas passou o resto de sua vida pensando nela, triste e melancólico.

Loreta continuou indo, as mães têm que levar as filhas nesses lugares. Não conseguia esquecer Luís, a quem sempre esperava encontrar novamente. As festinhas se tornavam mais barulhentas, mais cheias de enfeites, de luzes, de comidas, bebidas, animadores histéricos, alto-falantes ensurdecedores, crianças inquietas, homens falsos e mulheres vulgares. Pelo menos os doces e salgadinhos estavam cada vez mais gostosos.

A ENTREGA

Era de manhã, bem cedo. Eu esperava o sujeito da entrega na pracinha do início da Niemeyer, andando de um lado para o outro, sobre a plataforma de tábuas de madeira, construída acima dos blocos de pedras irregulares do quebra-mar. Embaixo do terraço havia um vão, habitado por ratos e baratas. Inesperadamente, um sujeito enorme — não digo que ele parecia um macaco pois o homem era preto e eu não sou racista, mas ele tinha a agilidade de um macaco —, usando apenas uma das mãos, içou o corpo e deu um salto por cima do corrimão do deque.

Uma dona de roupa escura, saída de alguma festa de emergente da Barra, que cheirava coca e tomava cerveja com um casal numa das mesas do quiosque, apesar de drogada, viu a proeza do negão e gritou alvoroçada, ó, ó, vocês viram?

O casal não tinha visto porra nenhuma, os dois riam de alguma piada idiota, um esfregando a cabeça no ombro do outro.

O negão bocejou, se espreguiçou, ajeitou a bolsa que carregava a tiracolo e foi até o balcão do quiosque. Parecia um daqueles caras que vasculham as latas de lixo à procura de alguma coisa que possa ser aproveitada. Mas o negão examinou os depósitos de lixo sem meter a mão lá dentro.

A dona se levantou da mesa e se aproximou do negão.

Também cheguei perto e a ouvi perguntar: tem muita barata aí?

A entrega ia ser feita a qualquer momento, e aquela vadia, que nem sabia que eu era um benfeitor de consumidores como ela, puxava conversa com o negão. O negão suava muito, apesar do sol ainda não ter começado a castigar. Aproximei-me mais ainda dos dois e dissimuladamente liguei o meu sensor. O suor da pele sempre conta tudo. O puto não fedia, tinha até cheiro de sabonete. Deus me deu várias coisas boas, inteligência, um pau grande e um nariz de cão perdigueiro cego.

Para importunar ainda mais, chegou uma velhota de biquíni e ficou zanzando no deque, levantando os braços e respirando fundo, olhando o sol nascer em cima do Arpoador. Eu ia gritar para ela dar o fora com as suas varizes e pelancas, mas a bruaca se retirou antes disso, dando uma corridinha miúda em direção à praia lá embaixo.

A dona continuava conversando com o negão, que dizia que as baratas cinzentas não eram nojentas como as baratas domésticas. Durante esse lero-lero ele apalpava dissimuladamente a bolsa que trazia a tiracolo, vendo tudo em volta com o lado do olho. Também sei ver assim, de banda, não dá para ler jornal, mas permite observar as pessoas à volta. O negão vigiava os meus movimentos e eu os dele.

Ao cheirar o suor do cara eu tinha conseguido também ver o seu relógio, ter um bom olho é tão importante quanto ter um bom nariz, e quando falo de bom nariz não me refiro ao nariz sem septo da dona de preto. Lance de artista, o do negão, fingindo fuçar as latas de lixo. Mas ele não podia ter tomado banho com sabonete e nem devia usar um Breitling no pulso se queria provar que dormia no meio das baratas. As pessoas não dão bola para detalhe e se fodem.

O carro da entrega chegou.

Abri o blusão, tirei o 45 da cintura e atirei na cabeça do negão. Depois, peguei a bolsa que ficara sob o seu corpo caído. A dona de preto, os babacas que estavam com ela e o cara do quiosque, nenhum se mexeu nem abriu o bico. Fui até o carro do entregador.

Eu vi tudo, ele disse, quem era a figura?

Ainda não sei, respondi, espero que seja um defunto barato. Este lugar aqui está riscado do mapa.

É isso aí, ele disse.

Peguei a mercadoria, fui para o meu carro. A caminhonete do entregador veio atrás, mas logo nos separamos. Enquanto dirigia, abri a bolsa do negão. Documentos e uma Glock, uma joia. Fiquei com a pistola e joguei o resto na primeira lixeira que encontrei.

O sol agora estava forte. Ia ser um dia quente.

MECANISMOS DE DEFESA

Leeuwenhoeck, que era dono de um armarinho, inventou o microscópio para ver micróbios. Ele se masturbava e depois examinava o próprio esperma para contemplar aquela miríade de minúsculas criaturas, que possuíam cabeça e cauda, mexendo-se alucinadamente, seres que foi ele o primeiro no mundo a ver.

Godofredo leu isso num livro. Inspirado em Leeuwenhoeck, comprou um microscópio para examinar o seu esperma. Mas enquanto o holandês examinou outras secreções e excreções do seu próprio corpo — fezes, urina, saliva —, Godofredo se interessou apenas pelo sêmen. Até então, tudo o que ele conhecia sobre esse fluido era o seu cheiro de água sanitária, e também o fato de que continha espermatozoides que podiam engravidar uma mulher. A água sanitária, ele leu em uma garrafa desse desinfetante que tinha em casa, era feita de hipoclorito, hidróxido e cloreto de sódio. Mas aqueles pequenos animais que ele via na viscosa secreção esbranquiçada ejaculada pelo seu pênis e lambuzada na lâmina do microscópio não poderiam viver num líquido que servia para limpar vasos sanitários, ralos, pias e latas de lixo.

Godofredo saiu e percorreu várias livrarias, onde comprou livros que poderiam esclarecer suas dúvidas. Depois de ler um deles, concluiu que o cheiro de água sanitária devia ser do sódio contido no sêmen. Talvez os aminoácidos, o fósforo, o potássio, o cálcio, o zinco contribuíssem também, de alguma forma, para aquele cheiro de detergente.

Estudou também os espermatozoides. Eles tinham duas partes, uma cauda e uma cabeça, de formato chato e amendoado, que Godofredo podia distinguir facilmente no microscópio, não obstante essa cabeça, segundo os livros que comprara, tivesse apenas quatro a cinco mícrons de comprimento e dois a três mícrons de largura. E era naquela micrométrica cabeça que se localizava o núcleo onde estavam as moléculas genéticas chamadas cromossomos, responsáveis pela transmissão das características específicas dele, Godofredo, como a cor verde dos seus olhos, seu cabelo castanho liso, sua pele branca — se ele um dia viesse a ter um filho. Uma polegada tinha 25 mil mícrons, os bichinhos eram pequenos mesmo. Ele não tinha noção exata do que era um mícron, mas o certo, concluiu, era que, assim como a cabeça era a parte mais importante no homem, também no espermatozoide ocorria o mesmo. A cauda apenas servia para movimentar a célula, ondulando e vibrando, para levar os espermatozoides numa corrida para ver quem chegava primeiro até o óvulo, que salvaria da extinção aquele gameta masculino. Fertiliza ou morre, era o lema deles, dos quatrocentos milhões de espermatozoides contidos numa ejaculação. Apenas um costumava escapar. A mortandade desses seres não tinha igual na história das catástrofes.

A masturbação diária e o microscópio propiciavam a Godofredo o acesso a um saber que antes ele não possuía. Isso é muito bom, dizia para seus botões. Mas, depois de algum tempo, Godofredo se masturbava e não mais colocava o sêmen na lâmina, para examinar os bichinhos. Perdera o interesse, aquela movimentação parecia-lhe agora um grotesco balé improvisado sobre uma música dodecafônica. Então aquela curiosidade científica não passava de um pretexto para se masturbar? E se fosse? Como dizia o personagem de um filme de sucesso: "hey, não falem mal da masturbação! É sexo com alguém que eu amo".

Godofredo desenvolveu uma tese, segundo a qual o sexo entre duas pessoas pode causar a destruição mútua, mas a masturbação a sós nenhum mal pode provocar. Para comprovar seu ponto de vista, apropriava-se da afirmativa de um renomado psiquiatra, autor de vários livros científicos: a masturbação era a principal atividade sexual da humanidade, algo que no século XIX era uma doença, mas no século XX era uma cura. E no século XXI, Godofredo acrescentava, com os graves problemas de comunicação provocados pela televisão e agravados pela internet, com os sofrimentos causados pelos nossos inevitáveis surtos de egocentrismo e narcisismo, com as frustrações resultantes da deterioração do meio ambiente, a masturbação era o mais puro dos prazeres que nos restavam. E as mulheres, a quem sempre foram negados todos os prazeres, podiam encontrar na masturbação uma fonte redentora de deleite e alegria.

Um onanista que se preze, ele dizia, masturba-se diariamente. Godofredo tinha quarenta anos, a idade de esplendor do onanista, conforme ele acreditava, mas reconhecia que não existia uma faixa etária mais adequada do que outra para essa atividade; quando tivesse oitenta anos, certamente escolheria essa idade provecta como a ideal, convicto de que a partir dos doze anos e até morrer o indivíduo está em condições de praticar a masturbação de maneira saudável e prazerosa. Conforme suas teorias, além da idade, não existiam outras limitações, de constituição física, condição social e econômica, escolaridade, etnia. Nada disso interferia criando empecilhos ou de alguma forma atenuando as emoções liberadas por aquela atividade. Se o sujeito não possuía dinheiro para comprar um desses lubrificantes que vendiam na farmácia e que tornavam mais agradável a fricção do pênis, ele podia muito bem usar qualquer outra substância oleaginosa mais barata, como o óleo de soja usado na cozinha. Não importava, ainda, se a pessoa era gorda ou magra, alta ou baixa, feia ou bonita, preta ou branca, tímida ou agressiva, culta ou analfabeta, surda ou muda, pois sentiria da mesma maneira a emoção forte que a masturbação provocava. Quanto aos aspectos higiênicos, não existiam casos de doenças adquiridas na prática do onanismo.

Masturbação e pensamento deviam estar sempre associados, numa demonstração da indissolúvel unidade de corpo e mente. Havia muitos que não pensavam, apenas usavam, simultaneamente, como tosco estimulante, o sentido da visão. Mas o bom onanista pensava, naquele momento glorioso. Eu penso, ele dizia.

E ele pensava em quê? Quando se masturbava, pensava numa mulher, uma determinada mulher. Sabia que, se em vez de pensar na tal mulher, ele a tivesse nos braços, a relação sexual deles seria uma perfeita comunhão física e espiritual.

Godofredo telefonou para essa mulher que não saía da sua cabeça. Quem atendeu foi a irmã dela. Os telefones modernos são muito sensíveis, e ele ouviu a irmã dizer, de maneira abafada, pois colocara a mão no bocal do aparelho: "É o Godofredo que quer falar com você." E também ouviu a resposta, que foi gritada pela mulher dos seus sonhos: "Já disse que não estou para esse cretino."

Nada, pensou Godofredo novamente, era mais condizente com a felicidade e o equilíbrio emocional do ser humano do que a masturbação. Era o passatempo dos deuses do Olimpo, era o paraíso dos mortais, a delícia das delícias, o grande alimento do corpo e da alma.

ENCONTROS E DESENCONTROS

Ela marcava os encontros e depois desmarcava. Eu não reclamava, o desejo por ela, que me consumia, era aliviado de maneira vicária e torpe com alguma outra mulher.

Eu a amava pela sua beleza, mas também pela sua inocência, que me encantava. Não era a inocência simples de uma criança, era algo inefável que aparecia sutilmente no seu olhar e gestos, quando estava distraída.

Um dia, depois de um jantar em que bebemos um pouco e depois fomos passear na praia, ela me deu um beijo prolongado e disse no meu ouvido:

Vamos para a sua casa.

Não me lembro como conseguimos chegar ao meu apartamento, como tiramos nossas roupas e fomos para a cama. Recordo que a visão do seu corpo me deixou extasiado.

Você é o primeiro amor da minha vida, ela disse.

Fizemos sexo durante horas, até ficarmos esgotados. Ela não passou a noite comigo, tinha de voltar para casa.

Não quis que a levasse no meu carro. Pediu que chamasse um táxi para ela.

Eu nada sabia da vida de Fernanda; com quem morava, onde estudara, onde trabalhava, o que fazia.

Naquela mesma noite, ela me telefonou.

Estou com as pernas e os braços doendo, nunca imaginei que certas dores pudessem ser tão agradáveis. Mas não consegui dormir, pensando. Posso passar amanhã na sua casa? Minha paixão aumentou ainda mais, o meu amor aumentou ainda mais, se é que algo que já era imenso pode ainda se tornar maior.

Isso tudo foi dito sussurrando, como se temesse ser ouvida por alguém.

Esperei ansioso, mas Fernanda não apareceu. Telefonou.

Não posso ir, desculpe.

Vamos marcar outro dia?

Podemos ir a um cinema, respondeu, estou com vontade de ver um filme.

Eu poderia ter dito, tenho os últimos lançamentos em DVD, podemos ver um filme aqui em casa, mas sabia que ela não queria ir ver filme algum.

Fomos ao cinema. Sentamos e senti que ela usava um perfume muito forte. Logo que o filme começou, pingou na boca, discretamente, umas gotas usadas para perfumar o hálito, o que era desnecessário, pois o cheiro da sua boca era sempre muito agradável.

Você não precisa usar isso, eu disse.

Está zangado comigo?

Não, claro que não.

Eu não podia ir à sua casa. Não podia.

Meu coração se alegra só de ver você e ouvir sua voz, eu disse.

Isso parece tirado de um romance ordinário, ela respondeu.

Aquilo me surpreendeu, nunca a tinha visto de mau humor.

Continuamos vendo o filme, calados. Num determinado momento um personagem disse para outro: Mulher é um bicho estranho, sangra todo mês e não morre.

Filme idiota, você quer ver essa bobagem até o fim?

Podemos ir embora, respondi.

Imediatamente Fernanda se levantou da poltrona. Fui atrás. Na porta do cinema, me abraçou e disse, eu te amo muito.

Quer ir a outro lugar?

Não, me põe num táxi, eu vou para casa.

Antes do táxi partir, colocou a cabeça para fora da janela.

Eu queria ser homem.

Quando vamos nos ver?

Eu telefono.

Fui para casa, certo de que não telefonaria tão cedo, por algum motivo estava se afastando de mim. Mas ligou dois dias depois.

Você está ocupado? É tarde para eu passar na sua casa?

Não, não.

Pensei que não poderia ir aí, mas de repente vi que podia, tudo bem?

Chegou em menos de quinze minutos. Nessa segunda vez foi ainda melhor, e não falo apenas do gozo e do desafogo, mas da alegria que o amor nos proporcionou.

A nossa vida sexual podia ser uma maravilha. Mas Fernanda era imprevisível, marcava o encontro na minha casa e mais tarde telefonava dizendo que não podia ir. Vamos ao cinema, eu sugeria. Não, não, ela respondia.

Às vezes, acontecia de me telefonar de manhã bem cedo para dizer que não ia à minha casa como havíamos combinado e depois telefonar à noite e perguntar se podia ir. Ou o contrário, de manhã sim, à noite não. Isso se repetiu várias vezes.

Fernanda escondia algo de mim, mas acabei percebendo tudo. Ela era casada, a sua liberdade de movimentos dependeria, de alguma maneira, do marido, a imprevisibilidade era criada por ele. Um dia o marido planejava viajar e só voltar no dia seguinte, Fernanda telefonava para mim dizendo que ia à minha casa. O marido, na última hora, cancelava a viagem, Fernanda telefonava dizendo que não podia ir. Havíamos ido ao cinema apenas uma vez, ela devia ter percebido que não podia correr novamente esse risco de ser vista por alguém.

Eu continuava sentindo, vendo em seu rosto e nos seus olhos, a mesma comovente inocência, a sua pureza parecia imaculável. O amor torna inocentes as pessoas? Mas eu percebera a sua candura desde o primeiro dia em que a vi, antes de ela dizer que me amava e que eu era o primeiro amor da sua vida. Ou não era? Em algum momento ela devia ter amado o seu marido. Na verdade, um homem nunca consegue saber inteiramente o que se passa na mente e na alma de uma mulher. Isso também parece tirado de um romance barato.

Eu me adaptei por algum tempo a essa situação, aceitava o inopinado, eu a amava, o pouco que ela me dava era muito.

Eu não posso ir à sua casa.

Mas hoje de manhã você disse que viria.

Mas agora não posso mais.

Não sei por quê, naquele dia perdi a paciência. Ela que ficasse com o marido e não me torturasse mais.

Cansei dessa situação, eu disse, desligando o telefone.

Logo em seguida, senti uma insuportável desgraça se abater sobre mim. Se não fosse casada e eu soubesse o telefone dela, teria ligado pedindo desculpas, diria eu te amo, como um homem apaixonado numa cena de romance barato, diria eu me encontro com você quando você quiser, na hora que você quiser, eu te amo. Diria eu te amo umas cinquenta vezes.

Fernanda deixou de me telefonar. O telefone tocava, eu corria para atender, mas nunca era ela. Um tempo enorme se arrastou, interminável.

Na verdade foi uma semana apenas.

Eu não posso viver sem você, ela disse, logo que atendi o telefone. Mas com uma voz tão baixa que quase não compreendi o que dizia.

Nem eu posso viver sem você. Eu te amo, eu te amo, te amo.

Antes que eu repetisse isso cinquenta vezes, Fernanda me interrompeu.

Posso passar na sua casa?

Não demorou muito, nem tive tempo de trocar de roupa e ela chegou. Entrou muito séria, calada, como um enforcado com a corda no pescoço, mas que enfrenta o seu destino com coragem. Estava ainda mais perfumada do que no dia em que fomos ao cinema.

Preciso falar uma coisa muito séria com você. Sabe por que marco e desmarco os nossos encontros?

Sei. Porque é casada.

Sou solteira, de onde você tirou essa ideia? Se fosse casada eu tinha contado para você. Tenho uma doença, esse é o motivo.

Quero pegar a tua doença, eu disse, muito feliz por descobrir a razão dos nossos desencontros.

Não é contagiosa, seu bobo. Mas isso foi dito sem graça.

O que é então?

Sofro de distúrbios menstruais.

E daí? É a coisa mais comum do mundo.

Sangro mais do que uma vez por mês. E não morro, ah, ah.

Esse ah ah foi quase um soluço.

Eu marcava encontros com você e inesperadamente começava a sangrar. Ou parava de sangrar subitamente. Minha médica tem uma porção de teorias, mas na verdade não tem uma boa explicação para isso. Eu não podia vir aqui assim. Você teria nojo.

Não teria.

Mas eu tenho.

Por quê?

É uma coisa repugnante, é sangue, um sangue diferente, tem cheiro, cheiro ruim de menstruação. Dizem que os tubarões são atraídos por esse odor, mas eu não acredito. Ninguém, nenhum animal, gosta desse cheiro.

Eu sou.

É o quê?

Atraído por esse cheiro.

É mentira.

Estou sentindo um cheiro agradável em você.

Ela colocou as mãos sobre o púbis, afastando-se de mim.

É o perfume, disse ela.

Você está menstruada, não está?

Estou. Você está sentindo o cheiro ruim?

Só estou sentindo cheiros bons. E se lhe disser que as mulheres quando menstruadas sentem ainda mais prazer durante a cópula?

Responderei que é uma mentira deslavada. Já li tudo sobre isso. Sofro desde o primeiro dia, uma coisa tão abrupta, tão horrível. Eu não sabia nada. Mas agora sei, já li todos os livros, não tente me iludir.

Você anda lendo os livros errados.

Você é homem, o que sabem os homens?

Nada. Mas sei que as mulheres sentem um prazer ainda maior nessas ocasiões.

Fernanda começou a chorar.

Você já fez isso antes? perguntou, fungando.

Não. Vou fazer pela primeira vez com você.

Eu a abracei e beijei longamente. Fomos inflamados por um forte desejo.

Você vai sentir nojo.

Não vou. Eu te amo. Quem ama não sente nojo da pessoa amada.

Demorou algum tempo, mais beijos, mais palavras minhas blandiciosas, mais beijos, suspiros.

Tenho que ir ao banheiro, ela disse.

Quando voltou, nua, perguntou, você jura que não vai sentir nojo?

Juro, respondi, abraçando-a carinhosamente.

Não senti mesmo. Nem ela, que acabou confessando que estava assustada no início, mas acabou sentindo muito prazer, um gozo diferente.

Ficamos abraçados na cama, sossegados.

Vai se lavar, mas não olha, promete que não olha.

Dentro do banheiro, contemplei o meu pênis manchado de sangue, para saber se sentia nojo ou não. Não senti, ao contrário, vi aquele sangue como uma generosa oferenda.

Quando voltei, Fernanda estava envolta no lençol.

Está cheio de sangue.

Vou guardar como uma relíquia, respondi.

Maluco, ela disse, sorrindo pela primeira vez.

E vivemos felizes para sempre. Fernanda ficou curada das suas mazelas, existe remédio para tudo. Por que não queria que lhe telefonasse, ou a visitasse? Porque morava com a mãe, viúva, que era alcoólatra e inconveniente.

Contar como essa situação familiar teve influência sobre Fernanda pode ficar para depois. Assim como a atração dos tubarões pelo odor da menstruação.

Esvoaçantes mechas de cabelos ruivos fustigados pelo vento e pela chuva, pele cremosa e radiante, é a Vênus de Botticelli andando pela rua. (Aquela que está na Uffizi, nascendo de uma concha, não a do Staatliche Museen, com fundo preto, que é semelhante mas tem os cabelos secos arrumados em torno da cabeça, descendo lisos pelo corpo.)

Não pensem que me gabo de uma perspicácia extraordinária, mas o fato é que se a mulher que observo estiver parada como uma estátua, sei qual é a cadência dos seus passos, quando ela se move. Entendo não só de músculos, mas também de esqueletos e, conforme a simetria da ossatura, prevejo a articulação dos tornozelos, dos joelhos e do ilíaco, que dão ritmo ao movimento do corpo.

A Vênus caminha sem se incomodar com a chuva, às vezes virando a cabeça para o céu a fim de molhar ainda mais o rosto, e, posso dizer, sem o menor ranço poético, que é o andar de uma deusa.

Tenho que criar uma estratégia rebuscada para me aproximar dela e conseguir o que preciso, tarefa difícil, as mulheres, no primeiro contato, sentem repulsa por mim.

Eu a sigo até onde ela mora. Vigio o prédio durante alguns dias. Vênus gosta de caminhar pela rua, e de ficar sentada na praça perto da sua casa, lendo. Mas a todo momento para, olha as pessoas, principalmente crianças, ou então dá comida aos pombos o que, de certa forma, me decepciona, os pombos, como os ratos, as baratas, as formigas e os cupins, não precisam de ajuda, eles permanecerão quando afinal as bactérias acabarem conosco.

Olhando-a de longe, fico cada vez mais impressionado com a harmonia do seu corpo, o perfeito equilíbrio entre as partes que consolidam a sua inteireza — a extensão dos membros em relação à dimensão vertical do tórax; a altura do pescoço em relação ao rosto e à cabeça, a largura estreita da cintura combinada ao formato firme das nádegas e do peito. Preciso me aproximar dessa mulher o quanto antes. Estou correndo contra o tempo.

Num dia de chuva forte, sento-me ao lado dela sob o aguaceiro, num banco da praça. Tenho que saber logo se ela gosta de conversar.

Hoje infelizmente a chuva não permite a leitura, digo.

Ela não responde.

Por isso você não trouxe um livro.

Ela finge que não ouve.

Insisto: Ele faz nascer o sol sobre bons e maus, e faz chover sobre justos e injustos.

A mulher então me fita rapidamente, porém mantenho meus olhos na sua testa.

Está falando comigo?

Deus faz chover sobre os justos e os... (Meus olhos na testa dela.)

Ah, você falava de Deus.

Ela se levanta. Em pé, sabe que fica em posição favorável para rechaçar os avanços de um intruso.

Não leve a mal, já vi que o senhor deve ser um desses evangélicos buscando salvar almas para Jesus, mas desista, sou um caso perdido.

Vou atrás dela, que se afasta lentamente.

Não sou um pastor protestante. Aliás, duvido que a senhora descubra o que faço.

Sou muito boa nisso. Mas hoje estou sem tempo, preciso ir a uma exposição de pintura.

Sua voz já demonstra menos desagrado. Ela possui a virtude da curiosidade, o que é muito bom para mim. E também outra qualidade essencial: gosta de conversar. Isso é melhor ainda.

Proponho-me a acompanhá-la e, após alguma hesitação, ela concorda. Caminhamos, ela um pouco separada de mim, como se não estivéssemos juntos. Tento ser o mais inconspícuo possível.

Na exposição, há apenas uma atendente, sentada numa mesa, lixando as unhas. Negrinha, a minha atual amante, diz que mulheres que lixam as unhas em público têm dificuldade para pensar, e o lixar das unhas as ajuda a refletir melhor, como aquelas que raciocinam com mais clareza quando tiram cravos do nariz na frente do espelho.

Enquanto olho os quadros com estudada indiferença, vou dizendo para ela: avant-garde do século passado, traços abstratos espontâneos, subconscientes, subkandinski, prefiro um soneto de Shakespeare.

Ela não responde.

Estou querendo impressionar você.

Não foi o suficiente, mas falar em poesia ajudou um pouco, eu gostaria de entender de poesia.

Poesia não é para ser entendida, poesia não é bula de remédio. Não vou dizer isso a ela, por enquanto.

Que tal um expresso? ela pergunta.

Procuro um lugar onde possamos sentar. Sendo mais alta do que eu, a Vênus faz avultar a minha corcova quando ficamos de pé, lado a lado.

Agora vou descobrir o que você faz, diz, parecendo se divertir com a situação. Você faz alguma coisa, não faz? Não diga, deixe que eu descubra. Bem, pastor protestante já sabemos que não é, professor também não, professor tem as unhas sujas. Advogado usa gravata. Corretor da bolsa não, é óbvio que não. Talvez analista de sistemas, aquela posição curvada na frente do computador... ummm... Desculpe.

Se eu tivesse olhado nos seus olhos, o que teria visto, quando se referiu à coluna vertebral do sujeito curvado na frente do computador? Horror, piedade, escárnio? Entenderam agora por que evito, nos primeiros contatos, ler os olhos delas? Sim, eu podia ter visto apenas curiosidade, mas prefiro não correr riscos, vislumbrando algo que possa enfraquecer minha audácia.

E você, sabe o que eu faço?

Unhas limpas sem esmalte. Gosta de ler no banco da praça. Gosta de se molhar na chuva. Tem um pé maior do que o outro. Quer entender de poesia. É preguiçosa. Indícios perturbadores.

Dá para perceber?

Pode ser modelo fotográfico.

Dá para perceber?

Ou dona de casa ociosa e frustrada que frequenta uma academia onde faz dança, alongamento, musculação, ginástica localizada para fortalecer os glúteos. A, a —

A bunda, é essa a palavra que você está procurando? A bunda o quê?

Depois dos seios, é a parte mais periclitante do corpo, acrescento.

Fico um pouco surpreso com a sua naturalidade ao usar aquela palavra chula num diálogo com um desconhecido, não obstante eu esteja farto de saber que aos corcundas não se concedem eufemismos. Nem outras delicadezas: é comum arrotarem e peidarem distraidamente na minha presença.

Dá para perceber?, ela repete.

Ou então não é nada disso, tem uma oficina de encadernação de livros em casa.

Você não respondeu. Dá para perceber?

O quê?

Que tenho um pé maior do que o outro?

Mostre-me a palma da sua mão. Vejo que está planejando fazer uma viagem. Há uma pessoa que a deixa preocupada.

Acertou novamente. Qual é o truque?

Todo mundo tem um pé maior do que o outro, planeja fazer uma viagem, tem uma pessoa que lhe complica a vida.

É o pé direito.

Ela estica a perna, mostra o pé. Usa um sapato sem salto, de couro, com formato de tênis.

Mas afinal, qual é a minha profissão?

Encadernação. Uma mulher que mexe com livros tem um encanto a mais.

Agora errou. Não faço nada. Mas você acertou uma parte. Sou preguiçosa. Esse é um dos meus indícios perturbadores?

É o principal, respondo. Um famoso poeta achava a preguiça um estado delicioso, uma sensação que deixava em segundo plano a poesia, a ambição, o amor. O outro sinal singular é gostar de ler num banco da praça. E finalmente, gostar de se molhar na chuva.

Não digo a ela que as pessoas preguiçosas sofrem de impulsos instintivos de realizar alguma coisa, mas não sabem o quê. O fato de a Vênus ser preguiçosa era, para mim, a sorte grande. Todas as mulheres que conquistei eram preguiçosas, sonhando fazer ou aprender alguma coisa. Mas, principalmente, gostavam de conversar — falar e ouvir —, o que na verdade era o mais importante. Voltarei a isso.

Você é professor de alguma coisa, as suas unhas limpas me confundiram.

Pode me chamar de professor.

Está bem, professor. E você? Vai me chamar de quê? Preguiçosa?

Já uso um nome para você. Vênus.

Vênus? Horrível.

A sua Vênus é a de Botticelli.

A pintura? Nem me lembro mais como ela é.

É só se olhar no espelho.

Elogio bobo. Por que gostar de se molhar na chuva é um indício perturbador?

Isso eu não vou lhe dizer hoje.

O livro está aqui, não dava mesmo para ler na chuva, diz ela tirando um livro do bolso da capa. Tchau.

Só nessa hora vejo os olhos azuis dela: neutros. Já se acostumara com o meu aspecto e conseguira, talvez, notar que o meu rosto não era feio como o corpo.

Esse foi o nosso primeiro encontro. A Vênus gostar de poesia iria me ajudar, mas se ela apreciasse música, ou teatro, ou cinema, ou artes plásticas, isso não afetaria em nada a minha estratégia. Negrinha só gostava de música e não deu muito trabalho, pois gostava de conversar, principalmente de queixar-se do homem que vivia com ela antes de mim, que só falava de coisas práticas, planos a curto, médio e longo prazo, horários, anotações nas agendas, providências, relação custo-benefício dos gastos que realizavam, fosse uma viagem ou a compra de um espremedor de alho, e quando ela queria conversar sobre outro assunto ele simplesmente não ouvia.

Além de bom ouvinte, posso dizer coisas interessantes, trivialidades de almanaque e também coisas mais profundas, que aprendi nos livros. Passei a vida lendo e me informando. Enquanto os outros chutavam bolas, dançavam, namoravam, passeavam, dirigiam carros ou motocicletas, eu ficava em casa convalescendo de operações fracassadas e lendo. Aprendi muito, deduzi, pensei, constatei, descobri. Tornei-me um tanto prolixo, é verdade. Mas cresci, durante o meu calvário de sombras, estudando e planejando a maneira de alcançar os meus objetivos.

Um sujeito que fez vinte operações na coluna, um fracasso atrás do outro, tem que ter, entre as suas principais virtudes, a pertinácia. Descubro, com o porteiro do prédio onde ela mora, que Agnes é o nome pelo qual Vênus é conhecida no mundo dos mortais. Deixo um envelope com um bilhete para ela na portaria do seu prédio.

O bilhete: Suspeito que leu pouca poesia. Você lê os livros na praça e vai pulando páginas, devem ser contos, ninguém lê poesia assim. Preguiçosos gostam de ler contos, acabam um conto na página vinte e pulam para aquele que está na página quarenta, no fim leem apenas uma parte do livro. Você precisa ler os poetas, nem que seja à maneira daquele escritor maluco para quem os livros de poesia merecem ser lidos apenas uma vez e depois destruídos para que os poetas mortos deem lugar aos vivos e não os deixem petrificados. Posso fazer você entender de poesia, mas terá que ler os livros que eu indicar. Você precisa de mim, mais do que precisa da sua mãe ou do seu cachorro lulu. Este é o número do meu telefone. P.S. Você tem razão, é melhor se chamar Agnes do que Vênus. Assinei: Professor.

Fazer a palerma entender de poesia! Mas ela gostava desse gênero literário, e o assunto das nossas conversas seria, portanto, poesia. As coisas que um corcunda é capaz de fazer para que uma mulher se apaixone por ele.

Quando estou procurando uma nova namorada, a antiga é descartada, preciso estar concentrado no objetivo principal. Estava na hora de dizer adeus à Negrinha.

Astuto, escrevo uns óbvios poemas de amor para Agnes, e deixo-os impressos, de propósito, na gaveta da mesa do computador, um local que Negrinha sempre vasculha. Ela vive fuçando minhas coisas, é muito ciumenta.

Negrinha fica furiosa quando descobre os poemas. Xinga-me, profere palavras duras, respondidas com doçura por mim. Esmurra o meu peito e a minha corcunda, diz que me ama, que me odeia, enquanto respondo com palavras meigas. Li não sei onde que, numa separação, aquele que não ama é o que diz as coisas carinhosas.

Na verdade, eu me interessei muito por Negrinha até ela ficar apaixonada por mim. Mas não estou nem nunca estive apaixonado por ela, ou por qualquer outra mulher com quem me envolvi. Sou um corcunda e não preciso me apaixonar por mulher alguma, preciso que alguma mulher se apaixone por mim — e outra, e depois outra. Recordo os agradáveis momentos que passei com Negrinha, na cama, conversando, ouvindo música e misturando nossas salivas. Dizem que esse líquido transparente segregado pelas glândulas salivares é insípido e serve apenas para fluidificar os alimentos e facilitar sua ingestão e digestão, o que apenas comprova que as pessoas não têm sensibilidade para sentir nem mesmo o sabor da própria saliva, e pior ainda, falta-lhes a necessária sutileza gustativa para se deliciar com o gosto da saliva do outro. Ao se misturarem, as salivas adquirem um paladar inefável, comparável apenas ao néctar mitológico. Um mistério enzimático, como outros do nosso corpo.

Fico triste por ter feito Negrinha sofrer. Mas sou um corcunda. Adeus, Negrinha, tua saliva era deleitável e os teus olhos verdes possuíam uma beleza luminosa.

Agnes demora uma semana para responder a minha carta.

O bilhete dela: Preciso do meu cachorro lulu, mas não preciso da minha mãe, talvez do talão de cheques dela. Vou dar uma passada aí.

Quando Agnes chega, já estou preparado para recebê-la. Como é que um corcunda se prepara para receber uma mulher linda que deve ser arduamente induzida a se entregar a ele? Fazendo previamente os seus planos, todos contingentes, como é da essência dos planos; permanecendo tranquilo, como, aliás, devemos ficar quando recebemos o cirurgião ou o bombeiro que vai consertar a descarga do banheiro; usando roupas largas e projetando o peito para a frente; permanecendo alerta, para que o nosso rosto se mostre sempre bondoso e o nosso olhar permanentemente doce. Um corcunda distraído, mesmo não sendo quasimodesco e tendo um rosto bonito, como é o meu caso, exibe sempre um semblante sinistro.

Agnes entra e observa a sala com um arguto olhar feminino. Moro aqui há um ano apenas, mudo de casa constantemente, e a minha sala de estar, apesar de elegantemente mobiliada, tem algo vagamente truncado em seu aspecto, como se nela faltassem luminárias, móveis sem serventia e outros ornatos inúteis que resultam das ocupações prolongadas dos espaços domésticos. As estantes de madeira nobre — que abrigam meus livros, CDs e DVDs de cinema, música, ópera e artes plásticas —, que sempre me acompanham nas mudanças, são pré-moldadas e fáceis de desarmar.

Agnes para na frente das estantes que ocupam as paredes da sala e pergunta, sem se virar para mim:

Este apartamento é seu?

É alugado.

Que livros são aqueles mencionados no seu bilhete?

Você saberá, oportunamente. É um programa sem tempo determinado de duração. Diariamente você lerá um poema. Os poetas nunca serão repetidos. Você terá o dia inteiro para ler o poema. À noite você vem aqui em casa, jantamos e você me falará sobre a poesia escolhida. Ou do que você quiser, se não sentir vontade de falar do poema. Tenho a melhor cozinheira da cidade. Quer beber alguma coisa?

Ela, que até então se mantinha de costas para mim, virou-se subitamente, exclamando:

Não sei o que estou fazendo aqui. Acho que fiquei maluca. Vou virar estudante? É isso?

Você é uma mulher bonita, mas sente um vazio dentro de você, não sente?

Tchau.

Mais de vinte operações dolorosas para corrigir uma corcunda que não saiu do lugar. Captações constantes de expressões furtivas de desprezo, chacotas ostensivas — ei, corcundinha, posso passar a mão nas suas costas para dar sorte? —, reflexos diários e imutáveis de nudez repugnante no espelho em que me contemplo, para não falar do que leio no olhar das mulheres, antes de aprender a esperar o momento certo para ler o olhar das mulheres, se tudo isso não acabou comigo, que efeito pode ter um tchau dito de esguelha seguido de uma retirada desdenhosa? Nenhum.

Para selecionar o que Agnes deve ler, decido, por comodismo, usar os livros que tenho na minha estante. Penso em começar com um poeta clássico fescenino, mas é cedo para lhe apresentar poemas que dizem questo è pure un bel cazo lungo e grosso ou então fottimi e fá de me ciò che tu vuoi, o in potta o in cul, ch'io me ne curo poco, ela poderia ficar assustada, esse poeta obsceno é para ser usado numa fase em que a mulher já foi conquistada. Esqueci de dizer que escolho poetas já mortos, não obstante existam poetas vivos muito melhores do que certos poetas consagrados que já bateram as botas, mas essa minha decisão é ditada pela conveniência, os melhores mortos tiveram oportunidade de encontrar o caminho das minhas estantes, e não posso dizer o mesmo dos vivos.

Envio para Agnes um poema que fala que a arte de perder não é difícil de aprender. Sei que isso irá provocar uma reação. Os preguiçosos vivem perdendo coisas, e não falo apenas de viagens.

Chove no primeiro dia do programa. Assim que entra na minha casa Agnes pergunta:

Como é que você sabia que, para mim, perder as coisas é sempre um desastre, apesar de todas as racionalizações que faço?

Da mesma maneira que eu sabia que você tem um pé maior do que o outro. Vamos falar mais sobre o poema? Podemos jantar depois.

Amanhã. Outra coisa, o pé da Vênus de Botticelli é muito feio, o meu é mais bonito. Tchau.

O corcunda sabe como se deita. Nós nos deitamos de lado, mas acordamos no meio da noite estendidos em decúbito dorsal, com dor nas costas. Deitar de barriga para baixo exige que uma das pernas seja dobrada e o braço oposto enfiado sob o travesseiro. Nós, corcundas, acordamos várias vezes no meio da noite, procurando uma posição cômoda, ou menos desconfortável, atormentados por pensamentos soturnos que nos atrapalham o sono. Um corcunda não esquece, pensa sempre na sua desgraça, as pessoas são o que são porque um dia fizeram uma escolha, se tivessem feito outra o seu destino seria diferente, mas um corcunda de nascença não fez nenhuma escolha, não interferiu na sua sorte, não lançou os dados. Essa constatação intermitente nos tira o sono, nos força a sair da cama. Além disso, gostamos de ficar de pé.

Quando Agnes chega, no dia seguinte, a cozinheira já está providenciando o jantar. Um sujeito com as vértebras no lugar pode levar a mulher que quer conquistar para comer um cachorro-quente no botequim. Eu não posso me dar a esse luxo.

A poeta... É poeta ou poetisa?

O dicionário diz poetisa. Mas pode chamar todos de poetas, homens e mulheres.

A poeta diz que ao conversar com o homem que amava percebeu que ele escondia um tremor, o tremor do seu sofrimento mortal. Eu senti isso quando conversava com você.

Interessante, eu disse.

Você acha... chato ser corcunda?

Já me acostumei. Além disso, vi sem aflições todos os corcundas de Notre Dame no cinema, conheço todos os Ricardos III — você sabia que o verdadeiro Ricardo III não era corcunda, como se pode deduzir da sua armadura que ficou preservada até nossos dias? —, sei de cor o poema do Dylan Thomas sobre um corcunda no parque. Contemplo o Corcovado da minha janela, toda noite.

Agnes me imita:

Interessante.

Peço a ela que leia para mim o novo poema que escolheu. Ela folheia o livro, lê mal, a cara enfiada no livro. Não se pode ler de maneira decente enfiando a cara no texto. E ler um poema é ainda mais difícil, os próprios poetas não sabem fazer isso.

Fale do poema.

A mulher lamenta a morte do homem que amava... O seu destino era celebrar aquele homem, a força, o brilho da imaginação dele, mas a mulher diz que perdeu tudo, esqueceu tudo.

Você sentiu alguma coisa?

Uma certa tristeza. Esse poema me incomodou muito.

Fale mais, eu peço.

Agnes fala, eu ouço; fala, eu ouço. Apenas intervenho para provocá-la a falar mais. Como sei ouvir, isso é muito fácil. Fazê-las falar e ouvi-las é a minha tática.

Acho que em russo deve ser mais atormentador ainda, diz ela.

Esse é o problema da tradução poética, respondo.

O leitor ou sabe todas as línguas do mundo, diz Agnes, ou tem que se habituar com isto: os poemas ficarem menos tristes ou menos alegres ou menos bonitos ou menos significativos, ou menos et cetera quando traduzidos. Menos sempre.

Um poeta americano disse que poesia é o que se perde na tradução.

Quem foi?

Você vai ter que descobrir. Que tal jantarmos?

Não vou descrever as iguarias do jantar, os vinhos de nobre origem que bebemos, as especificações dos copos de cristal que usamos, mas posso dizer que a mesa do melhor gourmet da cidade não é melhor do que a minha. Meu pai era atilado em matéria de negócios e quando morreu — minha mãe morreu antes, creio que não suportou a minha desgraça, a desgraça *dela* — me deixou em situação confortável. Não sou rico, mas posso mudar, quando necessário, de uma bela residência para outra ainda melhor, tenho uma boa cozinheira e tempo ocioso para realizar meus planos.

Chamo um táxi. Acompanho-a até a sua casa, apesar dos protestos de que poderia ir sozinha. Volto muito cansado.

Saio muito cedo da cama, em dúvida sobre o outro poeta que indicarei. Escolher os livros faz com que eu me sinta ainda mais safado, como um desses scholars sabichões que ganham a vida criando cânones, ou melhor, catálogos de autores importantes. Na verdade, como já disse, só quero usar os autores que tenho nas minhas estantes, e mesmo as estantes de um corcunda não têm, necessariamente, os melhores autores.

Peço a Agnes que leia o poema em que o autor descreve alegoricamente uma cunilíngua.

Leia, por favor, este poema para mim.

Ela lê. Seu francês é perfeito.

Fale sobre o poema.

O poeta, depois de dizer que a sua amada está nua como uma escrava mourisca, contempla as coxas, os quadris da mulher, o seu peito e a sua barriga, ces grappes de ma vigne, observa embevecido a cintura estreita que acentua a pélvis feminina, mas o que o deixa extasiado e suspiroso é o vermelho soberbo do rosto da mulher.

Foi assim que você entendeu? O poeta vê a pélvis e extasia-se com o ruge do rosto? Lembre-se, ele está fitando a porção inferior do tronco da mulher, a parte rouge superbe que chama a sua atenção só pode ser a vagina. Apenas ele não era fescenino o bastante para desprezar as metáforas.

Pode ser. Qual é o menu de hoje?

Foi você quem disse que quer *entender*.

Qual é o menu de hoje?

Grenouille.

Adoro.

Já se passaram vários dias desde o nosso primeiro encontro. Mantenho o controle, a paciência é uma das maiores virtudes, e isso vale também para aqueles que não são corcundas. Hoje, por exemplo, quando Agnes, ao sentar-se na minha frente, mostra os joelhos, sinto desejo de beijá-los, mas nem sequer olho-os por muito tempo.

Agnes pega o livro.

Isto aqui: transforma-se o amador na coisa amada, por virtude de muito imaginar... que mais deseja o corpo de alcançar? Que diabo o poeta quer dizer com isso?

Agnes, você leu o poema de má vontade. Foi você que escolheu esse poema. Havia outros mais fáceis.

Podemos dizer que é um soneto solipso?

Pelo prazer da aliteração?

Também. Ou o chamaríamos de soneto ascético? Ou soneto neoplatônico? Você vê, já estou parecendo o meu próprio professor.

Pode-se ter uma filosofia sem conhecer o filósofo que a concebeu? pergunto.

O rosto dela fica imóvel, ela costuma ficar assim, sem mexer os olhos, muito menos os lábios, essas mímicas de quem quer demonstrar que está meditando. É como se tivesse ficado surda. Mas logo em seguida recomeça a falar com entusiasmo. E eu ouço. Saber ouvir é uma arte, e gostar de ouvir faz parte dela. Quem finge gostar de ouvir é logo descoberto em sua impostura.

Não toco nela, nesse dia, nem nos próximos dias.

Há mulheres de pele branca baça, outras de uma brancura quase azinhavrada, outras descoradas como gesso ou farinha de rosca, mas a pele branca de Agnes tem uma radiância esplêndida, dá-me vontade de mordê-la, cravar os dentes nos seus braços, suas pernas, seu rosto, ela tem um rosto para ser mordido, mas contenho-me. Dou-lhe, para ler, outro poema erótico. Confesso que corro um risco calculado. Como ela reagirá ao ler — a língua lambe as pétalas vermelhas da rosa pluriaberta, a língua lavra certo oculto botão, e vai tecendo lépidas variações de leves ritmos, e lambe, lambilonga, lambilenta, a licorina gruta cabeluda? Agnes mudou de assunto quando tentei fazer uma exegese (é isso que ela quer, não é? *Entender*?) erótica do poema da cunilíngua, lido por ela dois dias antes. Como se comportaria agora, ao ler outro poema com o mesmo tópico e ainda mais ousado?

Pensei que a poesia não mostrasse isso, que felação e cunilíngua fossem clichês usados apenas nos filmes, diz Agnes, após ler o poema. Não sei se gostei. Lambe lambilonga lambilenta é uma

150

aliteração engraçada. Mas licorina gruta cabeluda é horrível. O próximo vai ser assim?

Não percebo as verdadeiras implicações contidas no que ela me diz. Desagrado, decepção? Mera curiosidade? Uma abertura? É melhor não me aprofundar.

Estamos nesse jogo há muitos dias.

Lemos um poema sobre um sujeito que pergunta se ousará comer um pêssego.

Comer pêssegos?

Faço o jogo que ela quer:

Digamos que seja sobre a velhice.

E velhos não têm coragem de comer pêssegos?

Creio que é porque velhos usam dentadura.

Pensei que poemas sempre falassem de coisas belas ou transcendentais.

A poesia cria a transcendência.

Odeio quando você se exibe.

Não estou me exibindo. As próteses não são apenas a coisa que representam. Mas umas são mais significativas do que outras. Implantes de pênis mais do que dentaduras.

Pernas mecânicas mais do que unhas postiças?

Marca-passos cardíacos mais do que artefatos auditivos.

Seios de silicone mais do que perucas?

Isso. Mas sempre transcendendo a coisa e o sujeito, algo fora dele.

Esse implante é muito usado? O do…

Do pênis? Coloque-se na posição de um homem que faz esse implante. Veja a singeleza poética desse metafísico gesto de revolta contra o veneno do tempo, contra a solidão, a anedonia, a tristeza.

Posso fazer uma pergunta impertinente?

Pode.

Você usa, ou melhor, usaria essa prótese?

Sou um corcunda verdadeiro. Um corcunda não precisa disso.

Poderia dizer a ela que um corcunda de nascença, como eu, ou sublima os seus desejos para sempre — nesse caso, para que o implante? — ou então, na idade adulta, como eu, que até os vinte e oito anos nunca tive uma relação sexual, passa a ser dominado por uma lubricidade paroxística que faz o seu pau ficar duro ao menor dos estímulos. Um corcunda ou fica broxa ou arde numa fogueira de lascívia que não arrefece um instante sequer, como o calor do inferno. Mas isso ela comprovará oportunamente.

Não há nenhuma dentadura no poema, diz Agnes, nem implante de qualquer natureza.

Os poetas nunca mostram tudo claramente. Mas a dentadura está lá, para quem olhar bem.

A velhice está lá, e o medo da morte.

E o que é a velhice num homem?, pergunto.

Concordo: é dentadura, calvície, a certeza de que as sereias não cantam mais para ele. Sim, e também o medo de agir. Ousarei?, o poeta pergunta o tempo inteiro. Ele odeia os horrendos sintomas da velhice, mas não ousa se matar. Ousarei comer um pêssego? significa, terei coragem de acabar com essa merda que é a minha vida? O pêssego é uma metáfora da morte. Mas aceito que exista também uma dentadura no meio. Estou aprendendo a entender poesia?

Sim. O poema pode ser entendido como você quiser, o que já é um avanço, e outras pessoas poderão, ou não, entendê-lo da mesma maneira que você. Mas isso não tem a menor importância. O que importa é que o leitor deve sentir o poema e o que alguém sente ao ler um poema é exclusivo, não é igual ao sentimento de nenhum outro leitor. O que necessita ser entendido é o conto, é o romance, esses gêneros literários menores, cheios de simbolismos óbvios.

Eu acho que você fala demais, ela diz, bem-humorada.

Caveat: se uma mulher não tiver um mínimo de humor e inteligência eu não consigo fodê-la. Como poderia conversar com ela? Isso é péssimo para um corcunda lascivo que enfrenta uma verdadeira pedreira para conquistar mulheres, cuja primeira impressão ao vê-lo poderia ser a mesma que teriam ao ver um basilisco, se esse réptil caolho de bafo mortal existisse. Já me imaginaram investindo, cego pelo desejo, dias e dias numa conquista para depois, no meio da empreitada, constatar que estou lidando com uma estúpida, que me fará broxar na hora H? Quando um corcunda broxa uma vez, broxa para o resto da vida, como se inoculado por uma bactéria multirresistente. Dirão, se Agnes fosse inteligente, ela me acharia prolixo e exibicionista. Mas na verdade eu apenas a provocava para que ela falasse. Ela estava impressionada consigo, acreditava que estava aprendendo não apenas a ver, mas a entender que a pessoa pode ser míope, porém não pode ficar com os olhos fechados.

Outra coisa: assim como para o poeta escrever é escolher — criar opções e escolher —, também eu tinha que criar opções e escolher.

Estou com o meu membro rígido. A tesura e o tamanho do meu pênis dão-me uma confiança, uma coragem muito grande, maior mesmo do que a minha astúcia cerebrina. Sinto vontade de colocar a mão dela no meu pau, mas ainda não chegou o momento para isso. A alternativa ainda não foi criada.

Não sei se já disse que o nome da minha cozinheira é Maria do Céu. Ela merece esse nome, e esta noite nos brinda com uma magnífica refeição.

Depois do jantar ficamos conversando até de madrugada. Pergunto algumas vezes, não é tarde para você? E ela responde que está sem sono e sem vontade de ir para casa. Tomamos vinho, mas tenho o cuidado de evitar que ela se embriague. A lucidez, a minha e a dela, é essencial ao meu plano.

Conto anedotas sem graça, que a fazem rir, exatamente porque não têm a menor graça. Pela primeira vez ela fala de assuntos pessoais, os menos complexos, como a rabugice da sua mãe. Há mulheres que mesmo tendo saído da adolescência continuam mantendo o ressentimento contra a mãe. Ouço tudo, atento. Agnes fala também sobre o seu antigo namorado, que era uma boa pessoa mas não conversava com ela. Certa ocasião, foram jantar fora e ela decidiu que ficaria calada a noite inteira. No restaurante o namorado consultou o menu, sugeriu os pratos, fez os pedidos e, depois de servidos, perguntou a Agnes se a comida dela estava gostosa. Não disse mais nada, e nem sequer percebeu o silêncio de Agnes. Talvez tivesse reparado se ela tivesse recusado a comida, mas ela estava com fome. Chegando em casa foram para a cama e fizeram amor em silêncio. Depois o namorado disse boa noite, minha querida, virou-se para o lado e dormiu.

Ouvi tudo atento, fazendo comentários neutros, mas adequados, que ela interpretaria como um evidente interesse da minha parte pelo que ela dizia e sentia.

Escolho outro poeta de língua inglesa. Não tenho predileção pela língua inglesa, mas cultivo o inglês pela mesma razão que Descartes sabia latim. Agnes chega com uma cesta de tangerinas.

Nunca tem tangerina na sua casa.

Não é época de tangerina.

Mas eu achei. Escolhi este poema.

E então?

O poeta diz que conhece a noite, andou e anda na chuva, além das luzes da cidade, sem olhar para as pessoas, sem vontade de dar explicações, imagina os ruídos das casas distantes; o tempo que o relógio marca não está errado nem certo. Sabe que estou gostando disto?

Por quê?

Eu queria entender o que os poetas dizem, e aprendi com você que isso é secundário, diz Agnes. Todo texto literário tem a capacidade de gerar diferentes leituras, mas, além dessa riqueza de significados, a poesia tem a vantagem de ser misteriosa mesmo quando diz que dois e dois são quatro.

Você tem razão. E, principalmente, a poesia nunca é totalmente consumida. Por mais que você devore um poema, o sentimento que ele provoca jamais se esgota.

Ai que vida complexa, diz Agnes, fingindo suspirar.

Vai ver é isso, eu digo, tocando de leve no seu braço. Ela se afasta do contato com naturalidade, sem drama.

Isso o quê?

A vida é complexa.

É isso o que os poetas dizem?

Não sei. Vamos jantar.

Será que fiz besteira, tocando-a? penso, enquanto comemos as delícias gastronômicas preparadas por dona Maria do Céu.

Estou há muitos dias nesta empreitada. Sinto que Agnes começa a ficar mais vulnerável. Mas, como diz a Bíblia, há um tempo certo para tudo, e ainda não está na hora de colher.

Existe uma poesia feminina?, pergunta Agnes. Se alguém não soubesse o nome do autor descobriria que este verso — o sentimento mais profundo sempre se mostra em silêncio; não em silêncio, mas em contenção — foi escrito por uma mulher? Esta é uma frase masculina ou feminina?

Foi uma mulher que a escreveu, mas poderia ter sido escrita por um homem.

Acabamos de jantar e estamos no meio da nossa conversa quando a campainha toca. Maria do Céu vai abrir a porta e logo volta, com ar compungido, seguida de Negrinha.

Não sabia que você tinha visita, diz Negrinha.

Eu disse que o senhor estava com uma pessoa, protesta Maria do Céu, que sabe que aquela aparição inesperada só pode causar problemas: ela testemunhou Negrinha esmurrar a minha corcunda quando lhe dei o bilhete azul.

Não ouvi, diz Negrinha, notando o livro sobre a mesa. Ah, poesia, vim atrapalhar uma conversinha sobre poesia? Esse demônio é cheio de truques.

Agnes se levanta da cadeira.

Está na hora de ir embora.

Você não me apresentou a sua amiga, diz Negrinha.

Em outra ocasião, diz Agnes. Tchau.

O tchau de Agnes é sempre um mau sinal. Vou até a porta com ela.

Espera um pouco que vou pegar o livro.

Ela recebe o livro e sai apressada, só tenho tempo de dar um beijo no seu rosto.

É sempre a mesma mágica, diz Negrinha ironicamente. O homem que sabe conversar sobre a beleza da música, da pintura, da poesia. E isso engana as tolas, não é? Funcionou comigo. Música pra cá, poesia pra lá, quando a párvoa abre o olho você já está enfiando o pau nela.

Negrinha, para com isso.

Você é um escroto. Aquela sirigaita foi embora antes que eu lhe dissesse que grandessíssimo filho da puta você é.

Negrinha...

Vim aqui com pena de você, achando que estava sozinho, mas não, encontro outra idiota sendo seduzida, a próxima vítima. Ela sabe que depois que for comida você vai dar um pontapé na bunda dela?

Quer tomar alguma coisa? Senta aqui. Quer um vinho?

Água.

Trago um copo com água para ela. Negrinha bebe um gole. Agora está mais calma.

Acho que vou aceitar aquele vinho.

Coloco o copo e a garrafa de bordeaux, o vinho que ela gosta, ao seu lado.

Quem é aquela mulher? É a tal Vênus, para quem você escrevia poemas de amor?

Já lhe disse que aquela Vênus era uma figura fictícia.

Você disse que estava apaixonado por outra. Por essa sirigaita, a clássica loura burra?

Ela é ruiva.

A mesma merda.

Negrinha esvazia e volta a encher o copo de vinho.

E como é que você podia se apaixonar por outra, se vivia me comendo? Por que você me abandonou? Você gostava de mim, você gosta de mim, quer ver?

Ela estende a mão, mas eu me afasto.

Está com medo, não é? Quero ver você me deixar pegar no seu pau.

Ela bebe outro copo de vinho, num só gole.

Negrinha, lembre-se de Heráclito...

Heráclito é o caralho, você nunca leu livro algum de filosofia, leu esses folhetos para barbeiros e manicuras.

Eu vou ter que sair, Negrinha.

Não me chame de Negrinha, meu nome é Bárbara.

Tenho que sair.

Está com medo de ir para a cama comigo.

Tenho um compromisso importante.

Covarde.

Vou para o meu quarto e começo a trocar de roupa, rapidamente. Negrinha invade o quarto. Parece-me um pouco embriagada. Enquanto me visto apressado, ela se desnuda com o mesmo açodamento. Terminamos praticamente ao mesmo tempo. Negrinha deita-se, nua, na cama, mostrando para mim a ponta da sua língua úmida.

Vem aqui conversar comigo, ela pede.

Saio do quarto correndo e desço pelas escadas. Na rua pego o primeiro táxi que aparece.

Agnes desaparece por uns dois dias. Quando nos encontramos novamente, ela me parece calma, e diferente.

Gostei deste poema, diz Agnes.

Por quê?

Não sei. Talvez porque tenha três linhas.

E o que a escritora diz nestas três linhas?

Isso interessa?, Agnes pergunta. Ou o que importa é o que eu senti?

Sim, o que você sentiu.

A poeta diz que não gosta de poesia, mas que ao lê-la, com total desprezo, descobre na poesia, afinal, um lugar para a verdade. Entendi alguma coisa, mas acho que ela quer dizer algo diferente. Fui tomada por um sentimento que não sei explicar. É assim que deve ser, não é?

É.

Quem era aquela mulher que veio aqui? Ela é muito bonita.

Dou um beijo, leve, no rosto de Agnes.

Você acha que eu posso namorar você?, ela pergunta.

Acho que pode.

Você tem um rosto bonito, mas é corcunda. Como posso ser sua namorada?

Depois de algum tempo você nem perceberá essa minha característica física.

O que dirão os outros?

Os outros não saberão, não desconfiarão, não imaginarão. Vamos morar em outro lugar. Diremos aos vizinhos que somos irmãos.

E quem era aquela mulher? Tenho de admitir que ela é linda.

Deve ser alguma maluca.

Estou falando sério.

É uma mulher que cismou comigo.

Eu não sou preguiçosa.

Dou outro beijo nela, agora na boca.

Isto é muito bom, ela diz.

Pego-a pelo braço e a conduzo gentilmente para o quarto. Tiramos nossas roupas em silêncio.

Depois da entrega, ela suspira esgotada. Deitado ao seu lado, sinto em minha boca o gosto deleitável da sua saliva.

Promete que vai sempre conversar comigo, diz Agnes, me abraçando.

Vou morar com Agnes numa outra casa, em outro bairro.

A rua ensurdecedora uiva em volta de mim quando uma mulher toda de preto, cabelos negros compridos, passa, alta e esguia, realçando, em seus movimentos, as belas pernas alabastrinas. (A vida copia a poesia.) Eu a sigo até onde ela mora. Tenho que criar uma estratégia rebuscada para me aproximar dela e conseguir o que preciso, tarefa difícil, as mulheres, no primeiro contato, sentem repulsa por mim.

VIDA

No meu caso sou alertado pelo ruído causado pelo movimento de gases nos intestinos. Mas há pessoas que não são beneficiadas por esse sinal prodrômico — minha mulher diz que isso não é uma doença, e não sendo uma doença não tem um pródromo, como o aviso que um epiléptico recebe momentos antes de ter sua crise, como ocorria com o nosso filho, que Deus o tenha, mas minha mulher dedica-se a me contrariar em tudo o que digo, a me hostilizar constantemente, esse é o passatempo da vida dela —, mas eu dizia que a minha flatulência é anunciada por esses ruídos dos gases se deslocando no abdome, e isso me permite, quase sempre, uma retirada estratégica para ir expelir os gases longe dos ouvidos e narizes dos outros. Aliás, prefiro fazer isso isolado, pois os flatos ao serem expulsos dão-me um grande prazer que se manifesta no meu rosto, sei disso pois na maioria das vezes eu os libero no banheiro, o melhor lugar para fazê-lo, e posso notar na minha face, refletida no espelho, a leniência do alívio, a deleitação provocada por sua essência odorífera, e também uma certa euforia, quando são bem ruidosos. E, sendo um ambiente fechado, tenho outra emoção, talvez mais prazerosa, que é a de fruir com exclusividade esse odor peculiar. Sim, eu sei que para a maioria das pessoas — certamente não para quem o expeliu — o aroma da flatulência alheia é ofensivo e repugnante. Minha mulher, por exemplo, quando estamos deitados na cama e ela ouve o barulho dos meus intestinos, grita comigo, sai da cama e vai peidar longe de mim, seu nojento. Saio correndo da cama e vou para o banheiro, nessas ocasiões, como já disse, prefiro ficar sozinho, e após expelir os gases no banheiro, com a porta fechada, quando nem acabei de gozar a satisfação que aquilo me propicia, ela grita do quarto, meu Deus, estou sentindo o fedor daqui, você está podre mesmo. O cheiro não é tão forte assim, eu até que gostaria que fosse mais intenso pois me daria maior prazer, mas às vezes é tão suave que tenho que me curvar e fungar com o nariz quase colado no púbis para sentir o aroma desprendido pelo flato, mas mesmo assim, nesses dias ela grita palavras injuriosas do quarto, como se odor tão fraco pudesse fazer percurso tão longo sem esvaecer pelo caminho. Outro dia, no jantar, aliás isso ocorre quase todos os dias, ao repetir o prato de feijão, ela disse, come mais, enche as tripas, para depois peidar mais forte, mas ela diz a mesma coisa se repito a sobremesa, sou magro e não consigo deixar de ser magro, não importa o que eu coma, ela é gorda e não consegue deixar de ser gorda, mas vive fazendo tortas, pudins de leite e musses de chocolate, e se repito o pudim ou a musse ela diz, você vai passar a noite peidando como um cavalo, e ainda por cima ela me culpa de ser gorda, que a faço infeliz e ela come para compensar as frustrações causadas por mim, e ela tem razão, pois não consigo cumprir as minhas obrigações de marido, por mais que tente, e na verdade já nem tento mais. Eu poderia sair de casa, pedir divórcio, mas lembro o que ela sofreu durante a doença do nosso filho, acho que nunca existiu no mundo mãe mais dedicada, e ela ficou gorda depois que nosso filho morreu, e às vezes eu a surpreendo chorando com o retrato dele na mão, eu não devo abandoná-la nessa situação, não posso ser tão desalmado e egoísta, e ainda mais sendo magro e elegante poderia arrumar outra mulher, mas ela não conseguiria arranjar outro homem e a solidão aumentaria ainda mais o seu sofrimento e ela é uma boa mulher, não merece isso. Estamos deitados, ela de costas para mim, pensei que estivesse dormindo, mas meus intestinos começaram a produzir borborigmos e ela, sem se virar, gritou ai meu Deus que vida a minha, vai peidar no banheiro, e eu fui e fiz o que ela mandou e contemplei no espelho a felicidade que o forte ruído e o intenso odor estampavam no meu rosto.

Lições de anatomia
Sérgio Augusto

Entre 2000 e 2002, Rubem Fonseca publicou uma novela (*O doente Molière*), sua primeira incursão nesse formato, e dois livros de contos. O primeiro deles, lançado pela Companhia das Letras em abril de 2001, o nono de sua carreira, era este, já no título provocativo: *Secreções, excreções e desatinos*. Uma lacônica orelha nada adiantava sobre seu conteúdo. Na capa, uma reprodução da *Vênus* de Sandro Botticelli (a que está no Staatliche Museen de Berlim, não a versão exposta no Uffizi, em Florença, evocada no primeiro parágrafo do décimo terceiro conto da coletânea) intrigava ainda mais o leitor, com sua mensagem subliminar de beleza e pureza. Não seria ela uma excrescência na capa de um livro com aquele título?

Ora, Vênus é a "deusa do amor", supremo símbolo da formosura feminina, mas também de doenças sexualmente transmiti-

Rubem Fonseca emerge dos fluidos para a vida

Em novo livro de contos, autor abre exceções para finais felizes e romantismo, num exercício de auto-superação

Arnaldo Bloch

LIVRO CRÍTICA

Há quem diga por aí que a literatura de Rubem Fonseca morreu. Pode até ter morrido — e mesmo ter pedido para morrer, como salientou Toni Marques ao escrever sobre "A confraria dos espadas" (1999). Mas, se morreu, é se pediu para morrer, está agora pedindo para ressuscitar. E tal pedido já é, de alguma forma, a própria ressurreição. Não deve ser à toa que, no primeiro conto de "Secreções, excreções e desatinos" (Companhia das Letras), seu novo livro, ele diferencie, para o leitor, as duas acepções etimológicas gregas da palavra escatologia, que dão os dois sentidos que assume no português: skátos é excremento, e ésjatos é morte, ressurreição, o destino último do homem.

Será que foi por isso que Rubem Fonseca escolheu a escatologia (literalmente na primeira acepção, literariamente na segunda) como tema iminente do seu novo livro? Nele, o escritor olha para o futuro: não é à toa que um dos personagens cria um sistema para ler a sorte através das próprias fezes (no conto "Copromancia"). Ao olhar para o futuro, Rubem, como o personagem, vê a morte. Mas, ao contrário do personagem, que se deixa levar pelas previsões mais sombrias, vê que precisa vencer os presságios.

Primeiro, tem que fazê-lo através do outro: o personagem apaixonado que liberta a sua amada de um tumor ao beijar e lamber a própria lesão cancerígena (em "O estuprador"). Ou, em "Encontros e desencontros", o homem que ensina à sua parceira que a menstruação irregular — distúrbio do qual ela se envergonha — pode aumentar o seu prazer e a consciência de sua paixão, reforçando laços do casal. A menstruação não é a morte. O tumor sucumbe ao amor.

Removidas as sombras, é chegado o momento da tolerância, de se aceitar e de aceitar os outros, mesmo que isto, pelo lado do outro, seja uma aporrinhação, um lugar comum, e, pelo lado do "eu", o direito e o dever de sentir prazer com a própria flatulência, e com isso celebrar a vida (como o personagem do conto "Vida", que encontra no fato de perfeito escape para a suas frustrações). Na mesma linha vai e onanista de "Mecanismos de masturbação", apologia ecológica da masturbação. Acostumar-se com sua bolsa de urina pós-cirúrgica (em "Beijinhos no ros-

A VÊNUS DE BOTTICELLI clássica faz c

A VÊNUS CAMINHA SEM SE incomodar com a chuva, às vezes virando a cabeça para o céu a fim de molhar ainda mais o rosto, e, passo dizer, sem o menor ranço poético, que é o andar de uma deusa. Tenho que criar uma estratégia rebuscada para me aproximar dela e conseguir o que preciso, tarefa difícil, os mulheres, no primeiro contato, sentem repulsa por mim. Eu a sigo até onde ela mora. Vigio o prédio durante alguns dias. Vênus gosta de caminhar pela praça perto da sua casa, lendo. Mas a todo momento põe, olha ao passantes, principalmente crianças, ou então dá comida aos pombos, como os ratos, as baratas, as formigas e os cupins não precisam de ajuda, eles permanecerão quando afinal as bactérias acabarem conosco. Olhando-a de longe, fico cada vez mais impressionado com a harmonia do seu corpo, o perfeito equilíbrio entre as

---

Matérias publicadas no ano de lançamento de *Secreções, excreções e desatinos* em *O Globo* e *Jornal do Brasil*, em 19 e 18 de abril. Para Arnaldo Bloch, que assina o texto de *O Globo*, o livro seria um momento de autossuperação na obra de Rubem Fonseca.

JORNAL DO BRASIL

B
Literatura atinada

Novo livro de contos de Rubem Fonseca chega hoje às livrarias e usa a escatologia para falar de dores humanas

Na página 2, Vida, conto de Rubem Fonseca

das, que não se chamam venéreas à toa. E amor e sexo são os temas preponderantes nas 14 histórias desta coletânea, falem elas de fezes, urina, saliva, caspa, sangue, purulências, coriza, cerume, meleca, menstruação, esperma e flatos, ou de gagueira, gula, nanismo, narcisismo, adiposidade, timidez, superstição, acaso, bondade, fracasso — e Deus. Sim, o próprio: o Todo-Poderoso, o suposto criador do universo, "aquele que faz o sol nascer sobre bons e maus e chover sobre justos e injustos", conforme diz o corcunda à sua *Vênus* de Botticelli, no penúltimo conto; aquele que nos condenou a transformar em merda tudo o que comemos, conforme reclama o copromante do primeiro conto, adaptando à fisiologia o conceito de teodiceia.

Os contos de *Secreções, escreções e desatinos* foram publicados em Portugal, na Espanha e no México. Acima e na página seguinte, capas das edições estrangeiras.

 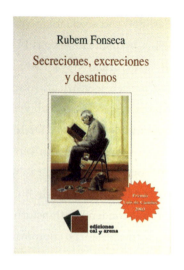

Apesar dessas referências a divindades (Deus, Vênus) e, em outra narrativa, a um personagem bíblico (José, filho de Jacó), noves fora as bruxarias de "Mulheres e homens apaixonados", a escatologia pela qual se pautam todas as histórias deste livro não tem partes com a religião nem com o sobrenatural; ou seja, não é a que vem do grego éschatos (e diz respeito ao final dos tempos, ao fim do mundo), mas a derivada de skatos, que significa excremento, esclarece o narrador do conto de abertura, uma autoridade no assunto, um hermeneuta do cocô.

Um dos projetos mais audaciosos, se não o mais audacioso, de Rubem Fonseca, contendo pelo menos três dos dez contos favoritos do autor ("Copromancia", "Beijinhos no rosto" e "Mecanismos de defesa"), *Secreções, excreções e desatinos* consumou um desafio longamente adiado: uma lição de anatomia ficcional, sem eufemismos, sem estetização do corpo, mas espiritualizada o bastante para ir além das aflições orgânicas e da mecânica sexualização das fezes e da urina pelo freudismo, desvelando achaques, deformidades e cicatrizes interiores, eventualmente só superáveis pela psicanálise — desde que, é claro, o terapeuta seja mais competente e responsável que o de "Agora você (ou José e seus irmãos)".

O choque, em críticos e leitores, foi infinitamente menor do que se podia esperar de um livro de tamanha crueza, sádico mesmo, aqui e ali, ainda que pontuado por desfechos surpreendentemente "felizes" para o padrão niilista do autor. Seu lado escabroso havia sido, de certo modo, antecipado, 26 anos antes, pelo último conto de *Feliz ano novo*, ao longo do qual um misto de escritor e bandido deitava falação sobre sua mais recente criação literária, adrede intitulada *Intestino grosso*, marco da "pornografia terrorista", gênero devotado à desexcomungação do corpo e suas "ainda secretas e obscuras relações" com a mente. Para ele, fora da pornografia não haveria salvação. Suas únicas alternativas seriam a doença mental, a violência e a bomba — a nuclear, presumo.

Ficção sem adornos e bons sentimentos, acima de tudo sem vergonha de encarar os atos naturais do homem, seu lado animalesco, suas faculdades fisiológicas, seu grão-mestre foi o Marquês de Sade e seu mais exuberante precursor, Rabelais. Pornoterrorismo talvez seja um rótulo hiperbólico, mas na medida em que suas provocações visam causar "surpresa, pasmo e horror das almas simples", não totalmente inadequado. É a essa turma (ou célula terrorista) que pertence William Burroughs, por exemplo, e também, entre outros, Jean Genet e Philip Roth. Rubem Fonseca está em ótima companhia.

Rubem Fonseca devassa a condição humana

José Castello

Não é com grande conforto que se lê *Secreções, excreções e desatinos*, a nova e impecável coletânea de contos de José Rubem Fonseca. As histórias, como sempre acontece quando Fonseca nos oferece relatos breves em vez de romances mais convencionais, são duras, desagradáveis mesmo, e causam evidente mal-estar. É, no entanto, um tipo de incômodo que vem associado a um grande prazer — como se Fonseca, ao escrever, lidasse com os aspectos masoquistas de seus leitores, tratasse de estimulá-los, escrevesse para provocar o Sacher-Masoch que há dentro de cada um de nós. Os novos contos de Rubem Fonseca tratam de temas que habitualmente julgamos impróprios não só para a literatura, como até mesmo para as conversas sociais, mesmo as mais íntimas; aquelas zonas de privacidade que as palavras parecem não estar preparadas para tocar, que se situam para além de toda polidez. Embaraços sexuais, anomalias anatômicas, intimidades higiênicas, achaques, manias, tudo, enfim, que habitualmente conservamos entre quatro paredes, partes de nós pelas quais a vida civilizada não se interessa, não abertamente.

Os personagens reunidos neste livro são indivíduos comuns, que sofrem de mazelas comuns e que buscam saídas comuns para seus sofrimentos. Qualquer um de nós, nos momentos mais íntimos, mais reservados, está sujeito a se ver, ao menos em parte, nesse ou naquele personagem de Fonseca; ali estão, podemos pensar, pedaços crus de nossa existência biológica, aquelas partes de nós que parecem mais próxima dos bichos, partes encobertas pelos bons modos e pelos bons costumes, ou apenas mal maquiadas por eles. Com esses ingredientes antiliterários, Fonseca se comporta do mesmo modo que autores selvagens como Jean Genet ou o próprio Marquês de Sade, escritores que, ao escrever, tocaram nos extremos mais desagradáveis da existência, que os escolheram como matéria de literatura e, o que é mais escandaloso, de reflexão.

O livro de Rubem Fonseca oferece, por meio dos 14 contos, uma incomum aula de anatomia. Método agressivo que, no entanto, acaba por engrandecer a visão que habitualmente temos do corpo humano — e por arrefecer nossos pudores civilizados. "Copromancia", o conto que abre a coletânea, trata dos intestinos, dos dejetos e de sua estética. "A natureza, em oposição à graça" cuida dos músculos e, de modo mais geral, das aparências. "O estuprador" tem como tema a pele e suas infecções: furúnculos, feridas, tumores. "Belos dentes e bom coração" discorre sobre a relação, impensável, entre a dentição e a bondade. "Beijinhos no rosto" tem como personagem central não um homem, mas parte de um ho-

CADERNO2
LITERATURA
Rubem Fonseca devassa a condição humana

Nos 14 contos de 'Secreções, Excreções e Desatinos', ele provoca prazer e desconforto

JOSÉ CASTELLO

Não é com grande conforto que se lê *Secreções, Excreções e Desatinos* (Companhia das Letras, 141 páginas, R$ 21), a nova e inspiradíssima coletânea de contos de José Rubem Fonseca. As histórias, como sempre acontece quando Fonseca nos oferece relatos breves em vez de romances mais convencionais, são duras, desagradáveis mesmo, e causam evidente mal-estar. É, no entanto, um tipo de incômodo que vem associado a um grande prazer — como se Fonseca, ao escrever, baixasse com os seus espantosos misteres, a novas conquistas de seus leitores, tratasse de estimulá-los, recorresse para provocar a *Socher Masoch* que há dentro de cada um de nós. Os novos contos de Rubem Fonseca tratam de temas que habitualmente julgamos impróprios não só para a literatura, mas até mesmo para a conversa social, mesmo as mais íntimas: aquelas zonas de privacidade que as palavras parecem não estar preparadas para tocar, que se situam para além de toda polidez. Embaraços sexuais, anomalias anatômicas, intimidades higiênicas, achaques, manias, tudo, enfim, que habitualmente conservamos entre quatro paredes, partes de nós pelas quais a vida civilizada não se interessa, não abertamente.

Os personagens reunidos neste livro são indivíduos comuns, que sofrem de mazelas comuns e que buscam saídas comuns para os seus sofrimentos. Qualquer um de nós, nos momentos mais íntimos, mais reservados, está sujeito a se ver, ao menos em parte, nesse ou naquele personagem de Fonseca; ali estão, podemos pensar, pedaços crus de nossa existência biológica, aquelas partes de nós que parecem mais próximas dos bichos, partes escobertas pelos bons modos e pelos bons costumes, ou apenas mal maquiadas por eles. Com esses ingredientes as vezes literários, Fonseca se compara de do nosso modo que as outras selvagens como Jean Genet ou o próprio Marquês de Sade, escritores que, ao escrever, tocaram nos extremos mais desagradáveis da existência, que as escolheram como matéria de literatura, o que é mais escandaloso, de reflexão.

O livro de Rubem Fonseca comporta, uma incomum aula de anatomia. Método agressivo que, ao entanto, acaba por engrandecer a visão que habitualmente temos do corpo humano — e por atrefecer nossos pudores civilizados. *Lepromatoria*, o conto que

O novo livro de Rubem Fonseca é forte e despudorado

abre a coletânea, trata dos intestinos, dos dejetos e de sua estética. "A natureza, em oposição à graça", cuida dos minúsculos e, de modo mais geral, das aparências. *O Estupor* tem como tema a pele e suas infecções: furúnculos, feridas, tumores. *Belos Dentes e Bom Coração* discorre sobre a relação, imprescindível, entre a dentição e a humanidade. *Beijinhos no Rosto* tem como personagem central não um homem, mas parte de um homem, a bexiga. *Aroma Cactáceo* é uma investigação, um tanto odiosa, da genitália feminina. *Mecanismos de Defesa*, estuda por sua vez a sexualidade masculina. *O Corcunda e a Vênus de Botticelli* tem como tema as anomalias — no caso, uma das mais conhecidas, e também mais exploradas na literatura, as corcundas. Relatos, portanto, que acabam, indiretamente, por desenhar a fisionomia intelectual do próprio autor, que se revela, ele também, um anatomista, adornado por sua cota indispensável de monstro.

O corpo, para Fonseca, não é porém uma peça autônoma, que funciona por sua própria conta e à qual nos resta apenas tratar e aceitar. Ao contrário, a cada parte do corpo parece estar ligada uma zona, ou estado, mental, elos que espiritualizam a matéria tornam-se uma ciência da alma. No corpo, estão as marcas do mundo interior; lendo o corpo, como fazem os especialistas em acupuntura, os mestres de shiatsu e os terapeutas de bioenergética, chega-se às séries energéticas, à classificação dos humores, ao mapa dos sentimentos escondidos e os outros segredos do espírito. Segredos expostos, na verdade, escandalosamente, à disposição de quem desejar ver.

Assim, em *Coprofomania*, a história de um homem que lê o futuro em suas matérias fecais, os dejetos servem como instrumento de acesso às zonas secretas da mente e permitem, como no leitura de búzios ou do jarô, o controle do porvir, sendo a futurologia substituída pela escatologia. Em *Coincidências*, a história de um encontro amoroso se constrói através de acasos ("Coincidência é um evento acidental que parece ter sido planejado"), o narrador reflete"), e caspa se torna instrumento de sedução. Em *Agora Você (ou Jesus e Seus Irmãos)*, relato de uma terapia grupal, a agressividade, a gagueira, a insônia, a fome compulsiva parecem associadas à biotipos. Ela traz sinais delicados, mas sutis, do espírito. Em *Oposição à Graça*, história de uma competição amorosa entre dois homens, a dieta vegetariana é associada à perda de vitalidade. Em *Beijinhos no Rosto*, o tema da investigação particular, o câncer está ligado ao fracasso pessoal. Enquanto em *Aroma Cactáceo*, a submissão é conectada à paixão e à vitalidade.

É com esses nexos entre corpo e espírito que Rubem Fonseca trabalha todo o tempo. Seus contos podem ser, numa primeira leitura, a aparência inofensiva das histórias policiais, dos folhetins amorosos, dos relatos escancarados das aventuras pornográficas, mas reduzi-los a isso é deter-se na superfície, é não acessar aquilo que os relatos curtos de Fonseca guardam de mais importante: um modo bruto, cru, insensível até, de devassar o humano. Seus personagens, eu fundo, são seres frágeis, que se tornam agressivos porque sofrem, que sofrem porque tão se entendem — e que não se entendem porque o corpo e seus trajetos, o corpo e suas anomalias, o corpo e seus segredos parecem inacessíveis a mente humana, Seres que sofrem que se portam e que tem a si próprios como objeto de investigação. Seres que, no fim das contas, tão sabem quem são — e que, a cada parágrafo, se surpreendem consigo mesmos.

Não são contos realistas — há apenas um delicadíssimo pano de fundo brasileiro, mas as histórias poderiam se passar em Nova York, ou Berlim, ou Tóquio, e sua estrutura não seria alterada. Também estão imunes às pretensões alegóricas do moralismo, embora os personagens devessem estar a teorias e mais teorias a respeito de suas vidas, teses essas não combinam com a posição do autor que, por vez de se comportar como um cientista que as hipóteses testar em suas hipóteses e de toda a sensação de se surpreender com as teses criadas por seus sujeitos que criou. No fim, o que fica é esse sentimento da incompreensão do homem a seu próprio respeito, do esforço, toda tentativa de dar a lógica leva a resultados negativos. Os personagens de Fonseca são sujeitos cínicos, aproveitadores, debochados, que acabam levando uma grande rasteira de um mundo que é ainda mais cínico, aproveitador e debochado que eles. São, no fim das contas, vítimas — vítimas da própria narrativa, do próprio Rubem Fonseca, uma anatomista que, ao devassar corpos imaginários, arranca, no mesmo ato, bons nacos do espírito contemporâneo.

A literatura brasileira sente falta de livros fortes e despudorados como este *Secreções, Excreções e Desatinos*. Livro que se contrapõe a uma época polida, de fachada, fascinada pela neutralidade estética feral que a tudo transforma em marketing, em videoclipe, em grife — em superfície. Livro que funciona como faca, e quando uma faca perfura uma superfície, é claro, sangra.

ELE AGE COMO GENET OU MARQUÊS DE SADE

Fac-símile do artigo de José Castello em *O Estado de S. Paulo*.

nas tratar e aceitar. Ao contrário, a cada parte do corpo parece estar ligada uma zona, ou estado, mental, elos que espiritualizam a anatomia e a tornam, assim, uma ciência da alma. No corpo, estão as marcas do mundo interior; lendo o corpo, como fazem os especialistas em acupuntura, os mestres de shiatsu e os terapeutas de bioenergética, chega-se às séries energéticas, à classificação dos humores, ao mapa dos sentimentos recalcados e outros segredos do espírito. Segredos expostos, na verdade, escandalosamente, à disposição de quem desejar ver.

Assim em "Copromancia", a história de um homem que lê o futuro em suas matérias fecais, os dejetos servem como instrumento de acesso às zonas secretas da mente e permitem, como na leitura de búzios ou do tarô, o controle do porvir, sendo a futurologia substituída pela escatologia. Em "Coincidências", a história de um encontro amoroso que se constrói através de acasos ("Coincidência é um evento acidental que parece ter sido planejado", o narrador reflete), a caspa se torna instrumento de sedução. Em "Agora você (ou José e seus irmãos)", relato de uma terapia grupal, a agressividade, a gagueira, a insônia, a fome compulsiva parecem associadas a biótipos, estão instalados na aparência. Ela traz sinais delicados, mas nítidos, do espírito. Em "A natureza, em oposição à graça", história de uma competição amorosa entre dois homens, a dieta vegetariana é associada à perda de virilidade. Em "Beijinhos no rosto", relato de uma investigação particular, o câncer está ligado ao fracasso pessoal. Enquanto em "Aroma cactáceo", a submissão é conectada à paixão e à vitalidade.

É com esses nexos entre corpo e espírito que Rubem Fonseca trabalha todo o tempo. Seus contos podem ter, numa primeira leitura, a aparência inofensiva das histórias policiais, dos folhetins amorosos, dos relatos escatológicos ou das aventuras pornográficas; mas reduzi-los a isso é deter-se na superfície, é não acessar aquilo que os relatos curtos de Fonseca guardam de mais importante: um modo bruto, cru, insensível até, de devassar o humano. Seus personagens, no fundo, são seres frágeis, que se tornam agressivos porque sofrem, que sofrem porque não se entendem e que não se entendem porque o corpo e seus impulsos, o corpo e suas anomalias, o corpo e seus segredos parecem inacessíveis à mente humana. Seres que sofrem do que são, que praticamente se suportam e que têm a si próprios como objeto de investigação. Seres que, no fim das contas, não sabem quem são – e que, a cada parágrafo, se surpreendem consigo mesmos.

Não são contos realistas – há apenas um delicadíssimo pano de fundo brasileiro, mas as histórias poderiam se passar em Nova York, ou Berlim, ou Tóquio, e sua estrutura não seria alterada. Também estão imunes às pretensões didáticas do naturalismo: embora os personagens desenvolvam teorias e mais teorias a respeito de si e dos outros, essas teses não combinam com a posição do autor que, em vez de se comportar como um cientista que usa a ficção para testar suas hipóteses anatômicas, atua como um espectador impotente, a se surpreender com as teses criadas pelos sujeitos que criou. No fim, o que fica é esse sentimento de inadequação do homem a seu mundo: todo esforço para se compreender fracassa, toda tentativa de usar a lógica leva a resultados nagativos. Os personagens de Fonseca são sujeitos cínicos, aproveitadores, debochados, que acabam levando uma grande rasteira de um mundo que é ainda mais cínico, aproveitador e debochado que eles. São, no fim das contas, vítimas – vítimas da própria narrativa, do próprio Rubem Fonseca, um anatomista que, ao dissecar corpos imaginários, arranca, no mesmo ato, bons nacos do espírito contemporâneo.

A literatura brasileira sente falta de livros fortes e despudorados como este *Secreções, excreções e desatinos*. Livro que se contrapõe a uma época polida, de fachada, fascinada por uma mentalidade estética fácil que a tudo transforma em marketing, em videoclipe, em griffe – em superfície. Livro que funciona como faca, e quando uma faca perfura uma superfície, é claro, sangra.

Texto originalmente publicado no Caderno 2,
do jornal *O Estado de S. Paulo*, em 21/4/2001.

O autor

Contista, romancista, ensaísta, roteirista e "cineasta frustrado", Rubem Fonseca precisou publicar apenas dois ou três livros para ser consagrado como um dos mais originais prosadores brasileiros contemporâneos. Com suas narrativas velozes e sofisticadamente cosmopolitas, cheias de violência, erotismo, irreverência e construídas em estilo contido, elíptico, cinematográfico, reinventou entre nós uma literatura noir ao mesmo tempo clássica e pop, brutalista e sutil — a forma perfeita para quem escreve sobre "pessoas empilhadas na cidade enquanto os tecnocratas afiam o arame farpado".

Carioca desde os oito anos, Rubem Fonseca nasceu em Juiz de Fora, em 11 de maio de 1925. Leitor precoce porém atípico, não descobriu a literatura (ou apenas o prazer de ler) no *Sítio do Pica-Pau Amarelo*, como é ou era de praxe entre nós, mas devorando autores de romances de aventura e policiais de variada categoria: de Rafael Sabatini a Edgar Allan Poe, passando por Emilio

Salgari, Michel Zevaco, Ponson du Terrail, Karl May, Julio Verne e Edgard Wallace. Era ainda adolescente quando se aproximou dos primeiros clássicos (Homero, Virgílio, Dante, Shakespeare, Cervantes) e dos primeiros modernos (Dostoiévski, Maupassant, Proust). Nunca deixou de ser um leitor voraz e ecumênico, sobretudo da literatura americana, sua mais visível influência.

Por pouco não fez de tudo na vida. Foi office boy, escriturário, nadador, revisor de jornal, comissário de polícia — até que se formou em Direito, virou professor da Escola Brasileira de Administração Pública da Fundação Getúlio Vargas e, por fim, executivo da Light do Rio de Janeiro. Escritor publicamente exposto, só no início dos anos 1960, quando as revistas *O Cruzeiro* e *Senhor* publicaram dois contos de sua autoria.

Em 1963, a primeira coletânea de contos, *Os prisioneiros*, foi imediatamente reconhecida pela crítica como a obra mais criativa da literatura brasileira em muitos anos; seguida, dois anos depois, de outra, *A coleira do cão*, a prova definitiva de que a ficção urbana encontrara seu mais audacioso e incisivo cronista. Com a terceira coletânea, *Lúcia McCartney*, tornou-se um best-seller e ganhou o maior prêmio para narrativas curtas do país.

Já era considerado o maior contista brasileiro quando, em 1973, publicou seu primeiro romance, *O caso Morel*, um dos mais vendidos daquele ano, depois traduzido para o francês e acolhido com entusiasmo pela crítica europeia. Sua carreira internacional estava apenas começando. Em 2003, ganhou o Prêmio Juan Rulfo e o Prêmio Camões, o mais importante da língua portuguesa. Com várias de suas histórias adaptadas ao cinema, ao teatro e à televisão, Rubem Fonseca já publicou 12 coletâneas de contos e 11 romances, sendo o último deles *O seminarista* (Agir, 2009).

Este livro foi composto em Minion Pro 10,5/16 e
impresso pela Ediouro Gráfica sobre papel pólen
soft 70g/m² para a Agir em junho de 2010.